U0136896

華志文化

華志文化

楚辭是戰國時楚國以屈原為主的詩人們創造的一種詩歌體裁。西漢時，劉向將屈原等人的詩歌結集，稱為《楚辭》。

「楚辭」包括有兩種意義：一方面是以屈原為主要代表的戰國時代在楚國出現的一種新興的文體；一方面是包括屈原等好些作者的一部古代詩歌總集的書名。楚辭這種文體是有它的特色，相傳楚辭的作品都是「書楚語、作楚聲、記楚地、名楚物」的，地方色彩異常濃厚。

楚辭全書

我國文學史上最早出現的最偉大詩人

屈 原◎原著

國學經典
原味呈現

前言

　　屈原（約西元前三四〇年～約西元前二七八年），名平，字原，戰國時楚人。在其年輕時，曾輔佐楚懷王，任過左徒、

　　三閭大夫等要職，很受信任。約在懷王後期，屈原受到過一次政治打擊。楚懷王死於秦國後，楚頃襄王繼位，屈原遭到貴族子蘭等人的讒言，長期流放到今湖南境內的沅、湘流域。後因楚郢都被秦兵攻破，屈原看到終不被重用，救國無望，乃絕望地投汨羅江而死，以殉其志。

　　楚辭是戰國時楚國以屈原為主的詩人們創造的一種詩歌體裁。西漢時，劉向將屈原等人的詩歌結集，稱為《楚辭》。屈原的詩歌作為楚辭的中堅，有《離騷》、《天問》、《九歌》、《九章》等，尚有《遠遊》、《卜居》、《招魂》等也傳為屈原所作。其語言色彩斑斕，其結構循環往復，其想像豐富奇特，其抒情自由奔放，充分表現了屈原高潔不群的品格和奇詭卓越的詩才。可以說，屈原作為我國歷史上第一位有名姓記載的詩人，他一登詩壇，立即放射出耀眼的光輝，有如太陽，永照後人，凡歷史上有所成就的詩人，無不從屈原的詩歌裡吸取豐富的營養。所以，屈原詩歌的崇高地位和重要價值，是如何描述都不過分的。然而，要想領略其瑰瑋奇麗之處，還需讀者諸君親自領略。

　　本書注譯，以朱熹的《楚辭集注》為底本，集中收入屈原

和宋玉的作品，分段基本上仍依其舊，修改了其中明顯的錯字。

　　為方便讀者使用，末附「《楚辭》名言警句」、「《楚辭》主要版本」及「《楚辭》主要研究著作」。

代序(王瑤)

　　在西元前四世紀，中國南部的楚國出現了一種新的文體，叫做「楚辭」。它的創始人就是屈原。自從屈原奠定了這種體制以後，模擬的人日漸增多，其中最有名的是宋玉。漢朝劉向將屈原、宋玉以及他們的類比者的作品，合編為《楚辭》一書；東漢王逸又給作了注，叫《楚辭章句》，是歷來最流行的一種注本。

　　所以「楚辭」這一名詞包括有兩種意義：一方面是以屈原為主要代表的戰國時代在楚國出現的一種新興的文體；一方面是包括屈原等好些作者的一部古代詩歌總集的書名。但無論就哪種意義論，楚辭中最主要的作者就是屈原；不只因為他是楚辭這一文體的開創者，他的作品最有價值，而且在《楚辭》這部書中也是他的作品最多。

　　楚辭這種文體是有它的特色的，相傳楚辭的作品都是「書楚語、作楚聲、記楚地、名楚物」的，地方色彩異常濃厚。作品有像沅、湘這些楚國的地名，蘭芷、荃、蕙這些楚國的植物，都是很顯見的。至於楚語，除了像句中的「兮」字、「些」字等用得很多以外，據郭沫若先生的考證，僅屈原作品中所使用的顯然是屬於楚國方言的辭，就有二十四例；而屈原的代表作《離騷》的題名「離騷」二字，也是楚國當時的方言（郭沫若《屈原研

究》）。

在這些特徵當中，楚聲是更其重要的；因為楚辭這種文體本來就是根據楚國方音而產生的一種歌唱形式，聲調的因素在當時非常重要。漢高祖圍攻項羽時，曾用「四面楚歌」的方法來動搖項羽的軍心，可見「楚歌」對於楚地區人民的吸引力量。

楚國是戰國時代的大國，居於江淮流域，土壤肥沃，物產豐富，生產力已經相當發達；生活在這種豐饒美麗的自然環境中的楚國人民，特別愛好音樂歌舞，這就給詩歌的發展提供了有利的條件。《楚辭》中的《九歌》就是屈原根據民間祭神的樂歌而加工改寫的作品，其中有靈（巫）來扮演角色，載歌載舞；王國維認為這已經可說是後世戲劇的萌芽（見王國維《宋元戲曲史》），聞一多曾改寫《九歌》為歌舞劇（見《聞一多全集》），都可以說明這種文體的特色。在楚辭中神話傳說的運用，想像力的瑰奇豐富，都是很突出的。楚國的地方色彩，構成了楚辭這一文體的獨特性。

拿《楚辭》來和《詩經》比較，那進展是非常顯然的。《詩經》中的詩多以四字為定格，各章之間多復遝，篇章比較簡短，風格比較樸素；但「楚辭」就不同了，《離騷》和《九章》基本上是六字句，《九歌》是以五言為主的長短句，形式上的變化很多。詩的篇章放大了，也很少用復遝的手法，而想像力的豐富、情感的激烈、內容的複雜、風格的絢麗，都與《詩經》中的作品有很顯著的不同。一般地說，《詩經》還只是一種群眾性的創作，民歌的色彩很濃厚；而《楚辭》中的主要作品則都已透過了詩人的藝術的集中與加工，是詩人吸取了民間文學的營養，而用自己的思想和藝術來創作的成果。

無論作為文體或詩歌總集的名稱，《楚辭》這一名詞永遠

是和屈原的名字分不開的。《離騷》是楚辭中的最重要的作品，因此後來也把「楚辭」稱作「騷體」。我們現在講的「楚辭」的一切特點，都是由屈原作品中找出來的。

屈原是我國文學史上最早出現的最偉大的詩人，楚辭這一文體是由他所創造的一種可以擴大詩歌表現力的新的藝術形式。他運用這種新形式寫了許多篇富有愛國主義精神的美麗的詩歌，一直到現在我們讀了這些作品都還感到一種強烈的藝術力量。兩千多年來，他的作品一直為人所誦，他的熱愛祖國、熱愛人民的精神也一直鼓舞著前進的人民，產生了極其深遠的影響。

據郭沫若先生考證，屈原生於西元前三四〇年，死於西元前二七八年，活了六十二歲（見郭沫若《楚辭研究》）。他名平，字原，曾作過楚懷王的左徒。左徒是僅次於宰相「令尹」的官職，地位很重要。他很有學識，《史記》上說他「博聞強志，明於治亂，嫺於辭令」，因此得到楚懷王的信任。

但當時的楚國當權派中卻有一些人非常妒忌他的地位與才能，想法排擠他。楚懷王聽了這些「黨人」（反動貴族）的中傷，就把他免職了。自從他離職以後，楚懷王被那些黨人所包圍，政治便一天天地混亂下去了。戰國時雖然號稱七雄並峙，但韓、趙、魏三國國小力弱，燕國遠居東北，與紛爭的局面關係較遠，而西北部的秦國兵力強盛，正積極實行對外擴張的政策，齊、楚都是春秋以來的舊強，楚國疆域最大，齊國最富。

在這種實際上是秦楚爭霸的局面中，就楚國的利益說，聯齊抗秦是最好的辦法。屈原有遠大的政治抱負，他熱愛楚國，因此他竭力主張改良政治，聯齊抗秦。但他的正直的主張遭到了反動貴族們的反對，因此在楚國的敗亡過程中便形成了他一生的悲劇。當時秦國為了便於併吞他國，自然要竭力設法拆散齊楚的聯

合，而楚國的統治集團竟一再受秦國的欺騙，終於連楚懷王自己也被秦國誘去做了俘虜，最後囚死在秦國。

楚懷王的兒子頃襄王即位以後，比他父親尤其昏庸，仍繼續執行親秦政策，愛國的屈原更遭受到迫害而被放逐到湖南的汨羅江邊了。結果在頃襄王二十一年（西元前二七八年），秦派大兵擊破了楚國的京城郢都，燒毀了歷代楚王的陵墓，楚國的君臣倉皇逃走，從此即不能再振。這時的屈原已經六十二歲。他看到自己的國家遭受到這樣的境遇，悲憤的心情再也不能抑制了，他寫了一篇《哀郢》，臨死前又寫了一篇《懷沙》，就在這年的五月初五日那一天，他投在汨羅江裡自沉了。

離開郢都的陷落還不到三個月，他的死實在是殉國難的。傳說當時楚國人民痛惜這位偉大詩人的死亡，曾紛紛划船去救他，這就是後來端午節龍舟競渡和吃粽子的風俗的來源。從這裡也可以看出人民對他是多麼的同情和崇敬！

在長期的失意和放逐中，他眼看著國家政治的昏暗與前途的隱憂，人民的痛苦與不幸的遭遇，他無法抑制自己的悲憤的感情，因此前前後後地寫了好些輝煌的詩篇；這些詩篇大部分都是對當時政治的控訴與抗爭，其中深切地表現出了他自己的、也是當時楚國人民的熱烈的愛國情緒。

屈原的作品，據《漢書・藝文志》著錄，共有二十五篇，現在大部都流傳下來了。其中主要的是《離騷》、《九歌》、《天問》、《招魂》和《九章》中的一部分。《離騷》是屈原的代表作，共三百七十多句，二千四百六十多字，是中國文學史上空前的偉大長篇抒情詩。

據近人考證，《離騷》的題意就是牢騷（游國恩《楚辭概論》）；內容主要是抒寫悲憤的，作於頃襄王時屈原被放逐以後

的晚年。《離騷》由他的出身、世系敘起，歷述自己的品德才能、思想抱負、受迫害的遭遇以及想死的感情；又敘到想要逃遁遠方，想像著到南方去見重華（舜），又想像著上天、求女，結果都不能如願。他兩次向靈巫求卜，都說遠行大吉，於是決定要走，直往崑崙西海；正步步升向天堂，忽然向下望見楚國，於是僕夫流涕，馬也悲鳴，他不忍離去了。最後的結語說（右附郭沫若先生譯文，文中所附郭沫若先生譯文，皆自《屈原賦今譯》一書錄出）：

已矣哉！	算了罷！
國無人，莫我知兮！	國裡沒有人，沒有人把我理解，
又何懷乎故都？	我又何必一定要思念著鄉關？
既莫足與為美政兮，	理想的政治既沒有人可協商，
吾將從彭咸之所居。	我要死了去依就殷代的彭咸。

　　到最後，他是下定決心要以死來殉他的理想了。《離騷》中常常用循環往復的詩意來歌詠，前後的詩句間好像有重複矛盾的地方，這是因為他的感情根本是有矛盾的。他想遠走，又捨不得離開楚國，但留在楚國又無所作為，於是最後就只能一死了；《離騷》一篇中是充滿了詩人的矛盾的心情和悲劇情調的。

　　戰國時代的學者常常有到別國求仕的情形，如孟子的求仕於齊梁；所謂「朝秦暮楚」、「楚材晉用」等現象，在當時是很普通的。因此照當時的情勢說，屈原是可以離開楚國的，像齊國就一定會歡迎他；但他是有政治理想與抱負的，他對理想的堅持

和對國家的深厚感情都不容許他隨便離開，因此最後便只能以身殉國了。他的這種偉大精神在中國的長期歷史中，培育了一種深厚的愛國主義的道德力量，也給中國文學的發展奠定了穩固的基礎，後人讀他的作品時就自然會對中國發生一種特別親切的感情。

由於他熱愛人民，又在長期的流放中接近了人民的生活，因此他對人民的遭遇非常關心。《離騷》上說：「長太息以掩涕兮，哀民生之多艱！」他的政治理想和關於外交的主張也都是符合當時人民的利益的，因此在他的作品中所表現的感情，以及由他所創造的新的文學形式，都和人民有密切的聯繫。所以我們可以說，熱愛國家和人民，是構成屈原詩篇的基本精神。

《九歌》本來是古代流傳下來的一種歌曲的名稱，屈原借用舊題，又汲取了民間樂歌的精華，一共寫了十一篇詩，總題為《九歌》。因為這是根據民間祭祀樂曲來集中和加工寫成的，富有神話的色彩和優美的想像，因此內容與《離騷》等篇的抒寫悲憤憂思的篇章不同，風格清新典麗，寫得異常生動和精煉。

十一篇中首尾兩篇《東皇太一》、《禮魂》是祭祀時的迎神曲和送神曲，內容是鋪敘祭禮的儀式和過程的，寫得莊嚴肅穆。其餘九篇中各有專祀，「湘君」、「湘夫人」、「河伯」都是水神，「山鬼」是山神，「大司命」、「少司命」是星神，「東君」是日神，「雲中君」是雲神。除《國殤》一篇外，這些祭祀自然神的篇章，大致都是用抒情的筆調或對話的形式來寫一種愛戀和思慕的感情，以及悲歡離合的情緒的；這些神都是被作者人格化了的，其中常常寫到人神之間的戀情，這大概是受到民間情歌的影響。

《國殤》一篇是祀鬼的，祭的是戰死的無名英雄；內容敘

述戰爭的壯烈和歌頌死者的英勇，寫得非常悲壯慷慨。《九歌》的文字風格很優美，可以說是一種清新美麗的抒情詩，像「嫋嫋兮秋風，洞庭波兮木葉下」；「悲莫悲兮生別離，樂莫樂兮新相知」這類名句，向來是為人所傳誦愛好的。《九歌》的內容風格雖然和屈原的其他作品有所不同，但在遣詞造意上也仍有其一脈相承的地方，例如愛寫美人香草等特點。因此《九歌》也是屈原作品中的重要部分。

　　《天問》是屈原作品中比較奇特的一篇，形式用的是像《詩經》一樣的四言句，內容全是問語的口氣，一共提出了一百七十多個疑問。其中有對天體構造、古代歷史傳統、宗教信仰、神話傳說、人生觀念等各方面的問題。這裡表現出了詩人想像力的豐富、對自然現象和歷史發展的關心，以及對傳統信仰的懷疑精神。由於古史和古代神話的記載流傳下來的不夠多，這一篇詩我們現在還不能完全理解；但其中包括的史料有些已經得到了地下資料的印證，成為我們研究古代史的重要材料了。

　　《招魂》是屈原為追悼楚懷王而作。人死後，用一事實上的儀式來舉行招魂，是楚國當時的一種風俗習慣。在《招魂》一篇中，自引言以後，即分上下東西南北六方面來敘述楚國以外各處的危險，讓靈魂不要亂走；鋪敘瑰奇，頗富神話意味。然後又敘述楚境以內的各種快樂，包括宮室居處的壯麗，飲食服御的精緻，歌舞遊戲的豐盛等，讓靈魂顧返故居；最後乃對魂魄發出了「魂兮歸來」的召喚的聲音。在《招魂》中，他將人間與非人間的生活作了鮮明的對比；除現實生活以外，連天堂都寫得十分險惡，表現出了作者的強烈的現實感。這篇文字是以鋪敘描寫為特點的，與屈原其他作品之以抒情為主者不同，對於後來辭賦的寫法影響頗大。

　　《九章》中的九篇是漢朝人把屈原的單篇遺著輯合成功的，不是一時所作；「九章」的總題也是後人加的。其中《橘頌》一篇借橘的性質來頌揚了人的高潔剛強的品質，在《九章》各篇中比較特殊，大概是早年所作。其餘各篇都是抒寫一種失意以後的悲憤感情的，可與《離騷》並讀。這裡只說一下《哀郢》與《懷沙》。這兩篇都寫於屈原自沉之前不久。《哀郢》是哀悼楚國的郢都為秦人所破的，所敍沉痛悲郁，全是國破家亡之感。開始就說（右附郭沫若先生的譯文）：

皇天之不純命兮，　　啊，老天爺真真是不守規範，

何百姓之震愆！　　為什麼把老百姓拼命摧殘？

民離散而相失兮，　　大家都家破人亡，妻離子散，

方仲春而東遷。　　在這仲春二月向著東方逃難。

　　從這裡可以看到他是如何地關念著在亂離中的人民！《懷沙》是屈原自沉前的最後作品。《史記》中說他「乃作《懷沙》之賦……於是懷石，乃自投汨羅以死。」屈原被放逐了許多年，但他終於沒有自殺，一直到六十二歲的高年，竟用投水來結束了自己的生命，那種悲劇性的頂點的情緒，在《哀郢》與《懷沙》中表現得最為顯明。《懷沙》的最後說：「知死不可讓（辭），願勿愛兮！明告君子，吾將以為類兮！」（郭沫若先生譯文：「死就死吧，不可迴避，我不想愛惜身體。光明磊落的先賢啊，你們是我的楷式！」）他實在是看到了國事的無可挽救，才鎮靜從容地以身殉難的。

　　從以上所述的這些屈原的主要作品中，我們可以顯明地看

出，屈原是一位關心人民、熱愛國家的抱有正直的政治理想的詩人；這種理想在當時是符合人民的願望的，但因為它不為楚國的統治者所容，遂使他終於以生命來殉了他的理想和他所熱愛的國家。這樣一位正直的有天才的偉大詩人竟得到了如此悲劇的結局，這就在歷代人民的心目中不能不引起了對他的同情和崇敬。透過詩篇的藝術力量，他的這種熱愛國家的思想和悲憤沉痛的心情，就更加強烈地感染了讀者：從他一生的悲劇中看到不合理社會的殘酷性，和得到了鼓舞人們為進步理想而鬥爭的精神。這種反映了當時現實、並鼓舞人去反抗不合理事物的精神，當然就是現實主義的精神。

　　人民性與現實主義永遠是不可分離的，屈原作品中的強烈的人民性和愛國主義精神，與這些作品中的偉大的藝術特色也是緊密地聯繫在一起的。那種想像力的豐富、個性的鮮明、感情的誠摯、形式的多樣、語言風格的絢爛、神話傳說的運用—這些詩歌藝術上的創造性的特色，都是使他的作品發生強烈的藝術力量的重要因素，同時也都是與他所要表現的思想情緒相一致的。這種思想性與藝術性的相結合的特徵，正是屈原作品的偉大光彩的所在。

　　屈原死後，楚國繼承屈原所創造的文體的作者有宋玉、唐勒、景差等。向來屈宋並稱，宋玉是屈原以後最有名的作家。據《漢書•藝文志》著錄，他有賦十六篇，但大部沒有流傳下來，現有的署名宋玉的作品有好些都是後人偽託的。《楚辭章句》中所收的他的《九辯》一篇，可以說是他的代表作品。從《九辯》中，知道他原是一位貧士，在政治上也是很失意的，《九辯》中因悲秋而生身世之感，語句清新，音調鏗鏘；從秋天蕭瑟的氣氛中來抒寫自己的身世和遭遇的悲痛。在他的作品中遣詞造語，以

及內容中的不滿當時統治者的情緒，都與屈原的作品有相似之處，可知屈宋之間的淵源關係是很密切的。《九辯》中所表現的悲憤感情不如屈原的作品深沉，但另有一種廓落纏綿的風格。《楚辭章句》中所收的作品除屈原宋玉的以外，還有好些漢朝人的類比屈宋的作品。

南宋沈約在他所作的《宋書》中綜述漢魏以來詩歌變遷的情況時，曾以「莫不同祖風騷」一句話來概括歷代詩人們的淵源關係。這句話很有道理，那就是說中國古典文學中的詩歌傳統，實際上就是「風、騷」的傳統。「風」指《詩經》，「騷」指《楚辭》，由《詩經》、《楚辭》所開始的富有人民性與現實主義精神的詩歌傳統，兩千多年來一直是發生著深厚的歷史影響的。

就《楚辭》說，不只後來辭賦的發展是深受著它的影響，歷代的著名詩人的成就也都是承繼和發揚著這一傳統的。李白說「屈原辭賦懸日月」，杜甫說「搖落深知宋玉悲」。從這些讚揚性的詩句中，我們也可以想像到《楚辭》在中國歷史上所發生的深厚的影響。

（原載《文藝學習》一九五四年七月號）

王瑤教授（一九一四～一九八九），山西平遙人。清華大學研究所畢業，歷任清華大學、北京大學教授。著有《中國新文學史稿》、《中古文學思想》、《中古文人生活》等大量著作，是古代文學界和現代文學界卓有建樹的學者。

目錄

◎第一篇 離 騷(屈 原)

題解

　　離騷，屈原的代表作，也是我國最早、最長的抒情詩。大約作於戰國楚懷王十六年（西元前三一三年）。當時作者正被楚懷王疏遠，故作此詩抒發忠君報國反被讒害的憂愁激憤之情。離騷，牢騷之意，或作別愁解。

�原詩

　　帝高陽之苗裔兮①，朕皇考曰伯庸②。
　　攝提貞於孟陬兮③，惟庚寅吾以降。

　　皇覽揆余初度兮④，肇錫余以嘉名⑤。
　　名余曰正則兮，字余曰靈均。

　　紛吾既有此內美兮⑥，又重之以修能⑦。
　　扈江離與辟芷兮⑧，紉秋蘭以為佩⑨。

　　汩余若將不及兮⑩，恐年歲之不吾與⑪。
　　朝搴阰之木蘭兮⑫，夕攬洲之宿莽⑬。

　　日月忽其不淹兮⑭，春與秋其代序。
　　惟草木之零落兮，恐美人之遲暮⑮。

　　不撫壯而棄穢兮⑯，何不改乎此度？

乘騏驥以馳騁兮[17]，來吾道夫先路！

注釋

①帝高陽：傳說為古代帝王顓頊（ㄓㄨㄢ　ㄒㄩˋ）在位時的稱號。(五帝之一。相傳為黃帝之孫，十歲時輔佐少昊，二十歲即帝位。最初建國於高陽，故號高陽氏。建都於帝丘（今河北省濮陽縣）。在位七十八年。

苗裔：後代。

②朕（ㄓㄣˋ）我。先秦時，「朕」不是皇帝的專稱。皇考：對亡父的尊稱。用於自稱，即「我」。《楚辭·屈原·離騷》：「朕皇考曰伯庸。」

從秦始皇以後，專屬皇帝的自稱。《史記·卷六·秦始皇本紀》：「臣等昧死上尊號，王為『泰皇』，命為『制』，令為『詔』，天子自稱曰『朕』。」

③攝提：寅年的別稱。　貞：正值。　孟：開端。　陬（ㄗㄡ）：夏曆正月，又值寅月。

④揆：察。　初度：初生的相貌，氣度。

⑤肇：始。　錫：同「賜」。

⑥紛：豐富、繁多。在此為修飾語前置。　內美：內在的，天生的美質。

⑦修能：修養才能。指後天培養才質。

⑧扈：披在身上。江離：香草名，今名川芎。以下凡植物名多為香草，無特殊含義者不再出注。

⑨紉：穿串的動作。

⑩汩（ㄍㄨˇ）：亂，埋沒之意。在此指時光流逝。

⑪不吾與：「不與吾」的倒裝語。

⑫搴：拔取。 阰（ㄆㄧˊ）：大土坡。山名。約在古代楚國南部。

⑬宿莽：經冬不死的香草。

⑭淹：留、止。

⑮美人：在此代指楚懷王。《離騷》中多次提到美女，都有具體所指。

⑯撫：憑藉，乘著……機會。

⑰騏驥：駿馬。比喻賢臣。

詩意

我本是古帝高陽的後代，已故的父親號為伯庸。

就在寅年的正月，我出生的那一天又值庚寅。

先父測度了我吉利的生辰，賜給我如下美名：

起名叫正則，命字叫靈均。

我既有如此眾多的美質，又在外部努力修為。

全身披了江離和薜芷，再掛上成串的秋蘭作為飾佩。

時光荏苒我惟恐失去，只恨年歲不再延長。

早上摘採土坡的木蘭，傍晚再攬回沙洲的宿莽。

時光流逝不稍停留，春夏秋冬交換著順序。

擔憂香草經冬而凋謝，恐怕心中的美人已屆衰暮。

好乘壯年及時修正錯誤，您為何不改已錯的法度！
願您騎快馬飛奔吧，來，我在前為您引路！

▊原詩

昔三后之純粹兮⁰¹，固眾芳之所在⁰²。
雜申椒與菌桂兮，豈惟紉夫蕙茝⁰³？

彼堯舜之耿介兮，既遵道而得路⁰⁴。
何桀紂之猖披兮⁰⁵，夫惟捷徑以窘步⁰⁶。

惟黨人之偷樂兮⁰⁷，路幽昧以險隘。
豈余身之憚殃兮，恐皇輿之敗績⁰⁸。

忽奔走以先後兮⁰⁹，及前王之踵武¹⁰。
荃不揆余之中情兮¹¹，反信讒而齌怒¹²。

余固知謇謇之為患兮¹³，忍而不能舍也。
指九天以為正兮¹⁴，夫惟靈修之故也¹⁵！

曰黃昏以為期兮，羌中道而改路¹⁶。

初既與余成言兮¹⁷，後悔遁而有他。
余既不難夫離別兮，傷靈修之數化¹⁸。

注釋

①三后：楚國的先君熊繹、若敖、蚡昌。　純粹：德行純真完全。

②眾芳：比喻眾多的賢能臣子。

③芷（ㄓˇ）：香草名，今稱白芷。

④遵道：遵循正道。

⑤猖披：本義為不穿衣帶，引申為猖狂邪亂。

⑥夫：指桀紂。　捷徑：斜路，此指不正當的途徑。　窘步：步履艱難。

⑦黨人：指楚國朝中結黨營私的小人。　偷樂：苟且享樂。

⑧皇輿：國王的車駕，在此代指楚王朝。　敗績：失敗。在此引申為傾覆。

⑨忽：迅疾的樣子。　先後：指楚懷王的前後。

⑩踵武：足跡。

⑪荃（ㄑㄩㄢˊ）：香草名，在此代指楚懷王。

⑫齌（ㄐㄧˋ）怒：盛怒。

⑬謇謇（ㄐㄧㄢˇ　ㄐㄧㄢˇ）：忠貞的樣子。

⑭正：同「證」。

⑮靈修：神明。此指楚懷王。

⑯羌（ㄑㄧㄤ）：句首語氣詞。

⑰成言：約定之言。

⑱數（ㄕㄨˋ）化：屢次更改主張。

詩意

三王的德行何其完美，因此有眾多的賢臣擁護他們。
就似交雜了申椒和菌桂，不僅是將蕙芷佩帶在身。

堯舜二帝多麼耿直啊，他的大臣方能沿大道前進；
桀紂多麼狂邪啊，只想走邪道而寸步難行。

當今的黨人苟且偷樂，國家前途幽險不明。
豈是我害怕禍患加身？只是替皇輿的前途憂心。

我匆匆奔走在車駕的前後，緊緊步著國君的後塵。
可惜那荃草不明我心，反信讒言大怒衝衝。

我本知忠貞必然養患，有意出走卻於心不忍。
手指高天替我作證吧，如此忠貞只為楚王的緣故！

說好了黃昏相會，不料半路上改道他行。
起初已與我相約為期，隨後即悔變逃遁。
我本不難別離此地，只是他數次變化令我傷心。

原詩

余既滋蘭之九畹兮⁰¹，又樹蕙之百畝。
畦留夷與揭車兮⁰²，雜杜衡與芳芷。

冀枝葉之峻茂兮，願俟時乎吾將刈⁰³。

雖萎絕其亦何傷兮，哀眾芳之蕪穢。
眾皆競進以貪婪兮，憑不厭乎求索⑭。
羌內恕己以量人兮，各興心而嫉妒。

忽馳騖以追逐兮，非余心之所急。
老冉冉其將至兮⑮，恐修名之不立。

朝飲木蘭之墜露兮，夕餐秋菊之落英⑯。
苟余情其信姱以練要兮⑰，長顑頷亦何傷⑱。

攬木根以結茝兮⑲，貫薜荔之落蕊。
矯菌桂以紉蕙兮⑳，索胡繩之纚纚㉑。

謇吾法夫前修兮㉒，非世俗之所服。
雖不周於今之人兮㉓，願依彭咸之遺則㉔。

注釋

①滋：在此為栽種、培養之意。　九畹（ㄨㄢˇ）：很多
畝。畹，三十畝。
②畦（ㄒㄧ）：五十畝。在此作動詞，為治地成畦之意。
③俟（ㄙˋ）：等待。　刈（ㄧˋ）：收割。指有所收穫。
④憑：已滿。
⑤冉冉：漸漸。
⑥落英：初生的花瓣。
⑦姱（ㄎㄨㄚ）：美好。　練要：精誠而堅定。

⑧顑頷（ㄎㄢˇ　ㄏㄢˋ）：餓得面黃饑瘦的樣子。

⑨木根：未詳所指，一説為木蘭之根。

⑩矯：舉起。

⑪索：繩子。在此作動詞，搓繩。　　纚纚（ㄕˇ　ㄕˇ）：聯綴不斷的樣子。

⑫謇（ㄐㄧㄢˇ）：在此為句首發語詞。

⑬周：符合。

⑭彭咸：相傳為殷代賢大夫，諫其君不聽，乃投水而死。

遺則：留下的榜樣。

詩意

我既已種好蘭花九畹，又栽培了蕙草百畝。
田園裡既有留夷與揭車，又雜種了杜衡和芳芷。

本希望她們枝高葉茂，更願將來按時收取。
雖然枯死豈用感傷，只歎其遭受蕪穢。

眾人爭進而貪婪不足，雖已如願仍在索求。
寬恕自己而苛求他人，各自心生嫉妒。

急匆匆馳騁追逐名利，我卻不願與其爭競。
衰老漸漸就要到來，惟恐不立美好之名。

晨飲木蘭的墜露，晚餐秋菊的嫩英。
假如我的內心美好而堅定，餓得面黃饑瘦也自甘心。

攬取木蘭之根聯綴了芷草，再貫穿薜荔香草的花蕊。
手舉著菌桂串起蕙草，再搓好胡繩聯綴下垂。

我忠誠效法前賢之行，這些並非世俗慣用。
雖不被今人容忍，寧效彭咸而死也不改初衷。

◣原詩

長太息以掩涕兮，哀民生之多艱[01]！
余雖好修姱以鞿羈兮[02]，謇朝誶而夕替[03]。

既替余以蕙兮[04]，又申之以攬芷[05]。
亦余心之所善兮，雖九死其猶未悔。

怨靈修之浩蕩兮[06]，終不察夫民心。
眾女嫉余之蛾眉兮[07]，謠諑謂余以善淫。

固時俗之工巧兮[08]，偭規矩而改錯[09]。
背繩墨以追曲兮[10]，競周容以為度[11]。

忳鬱邑余侘傺兮[12]，吾獨窮困乎此時也。
寧溘死以流亡兮[13]，余不忍為此態也！

鷙鳥之不群兮[14]，自前世而固然。
何方圜之能周兮[15]，夫孰異道而相安？

屈心而抑志兮，忍尤而攘詬⑯。
伏清白以死直兮⑰，固前聖之所厚。

悔相道之不察兮⑱，延佇乎吾將反⑲。
回朕車以復路兮⑳，及行迷之未遠。

注釋

①民生：人生。

②羈：馬韁繩和馬籠頭。在此借喻為約束之意。

③誶（ㄙㄨㄟˋ）：進諫。在此指進讒言。　替：廢。在此指被敗謫。

④蕙（ㄏㄨㄟˋ）：裝有蕙草的香囊。

⑤申：加上。

⑥靈修：指楚懷王。浩蕩：水盛大之意。在此喻楚懷王糊塗得厲害。

⑦眾女：比喻在楚懷王身邊向屈原進讒言的小人。

⑧工巧：善於投機取巧。

⑨偭（ㄇㄧㄢˇ）：背棄。　錯：同「措」，措置，處分。

⑩繩墨：木工用以取直線的工具。在此代指法度。

⑪周容：以苟合取容於人。

⑫忳（ㄊㄨㄣˊ）：煩悶。　鬱邑：滯結了憂念。　侘傺（ㄔㄚˋ　ㄔˋ）：鬱鬱不得志的樣子。

⑬溘（ㄎㄜˋ）：忽然。　流亡：順水而逝。

⑭鷙（ㄓˋ）鳥：一種剛烈而不合群的鳥。此為屈原自

喻。

⑮圜：同「圓」。　周：周全配合。

⑯尤：責備。　攘：取。　詬：辱。

⑰伏：同「服」，保持。　死直：因正直而死。

⑱相道：輔佐大道。指以治國的大道理輔佐楚懷王。

⑲延佇（一ㄢˊ　ㄓㄨˋ）：伸長脖子踮起腳尖遠看。

⑳復路：走回頭路。

詩意

我長長地歎息啊掩拭涕淚，哀歎人生多麼艱苦！

雖然加強修養自我約束，早晨受讒言晚上即被放逐。

既詆毀我佩帶蕙蘭香囊，又誹謗我收攬芳芷。

這確是我本心所愛好，即使去死也不改悔。

抱怨君王你太過糊塗，終究不體察我的苦心。

醜女們嫉妒我美麗的蛾眉，造謠誣陷我善於獻淫。

實在是世俗工於機巧，棄置常理而追逐名利。

背棄正直而取納邪曲，競相苟合成為常理。

滯結憂鬱不遂初心，為何煢煢然困於此時？

寧可速死而順流漂逝，實在不忍苟活此世！

鷙鳥高傲孤飛不群，自是前世本性所定。

方和圓怎能苟合，志道不同哪可相容？

委屈心靈壓抑了志向，忍受責備和恥辱。
堅守清白為正直之道而死，本來為前聖所嘉許。

深悔對前君輔佐不明，再三審視後我決定返回舊途。
回轉我的車駕歸於原路，趁迷失尚不甚遠早早悔悟。

▲原詩

步余馬於蘭皋兮⁰¹，馳椒丘且焉止息⁰²。
進不入以離尤兮⁰³，退將復修吾初服⁰⁴。

製芰荷以為衣兮⁰⁵，集芙蓉以為裳。
不吾知其亦已兮，苟余情其信芳。

高余冠之岌岌兮⁰⁶，長余佩之陸離⁰⁷。
芳與澤其雜糅兮，唯昭質其猶未虧⁰⁸。

忽反顧以遊目兮⁰⁹，將往觀乎四荒¹⁰。
佩繽紛其繁飾兮，芳菲菲其彌章¹¹。

民生各有所樂兮，余獨好修以為常。
雖體解吾猶未變兮，豈余心之可懲¹²！

注釋

①蘭皋：生有蘭草的水邊陸地。

②椒丘：有椒樹的小山。　焉：在此意為「在那裡」。
③離尤：遭受責備，獲罪。
④初服：以前穿的衣服。比喻原來的志向。
⑤芰（ㄐㄧˋ）：菱。一種水生植物。
⑥岌岌（ㄐㄧˊ　ㄐㄧˊ）：高峻的樣子。
⑦陸離：美好分散狀。
⑧昭質：光潔美好的品質。　其：語氣詞，用以緩和語氣。
⑨遊目：極目縱觀。
⑩四荒：四方邊遠之地。
⑪菲菲：香氣濃烈的樣子。　彌章：更加顯著。章，同「彰」。
⑫懲：怨恨。

詩意

將馬兒放養在蘭皋，然後馳騁椒丘止息。
進諫不納反受指責，我只好退而重修當初的服飾。

用芰荷作為上衣，集芙蓉以為裙裳。
不瞭解我也就罷了，只要我的內情芬芳。

將我的花冠戴得高高，把我的蘭佩打扮得光彩陸離。
芳香與光澤雜處一體，高潔的品質尚未損虧。
忽然回首極目遠視，心想觀看遙遠的地方。
我的佩飾多麼繁華啊，芳香濃烈更加顯著。

人生一世各有所好，我只愛好修飾猶如尋常。
雖然身死而不可變更，我的內心決不怨恨。

▌原詩

女嬃之嬋媛兮⁰¹，申申其詈予⁰²。
曰：「鯀婞直以亡身兮⁰³，終然殀乎羽之野⁰⁴。

汝何博謇而好修兮⁰⁵，紛獨有此姱節？
薋菉葹以盈室兮⁰⁶，判獨離而不服？

眾不可戶說兮，孰云察余之中情？
世並舉而好朋兮，夫何煢獨而不予聽？」

依前聖以節中兮⁰⁷，喟憑心而歷茲⁰⁸。
濟沅、湘以南征兮⁰⁹，就重華而陳詞¹⁰：

「啟《九辯》與《九歌》兮¹¹，夏康娛以自縱¹²。
不顧難以圖後兮，五子用失乎家巷¹³。

羿淫遊以佚畋兮¹⁴，又好射夫封狐¹⁵。
固亂流其鮮終兮¹⁶，浞又貪夫厥家¹⁷。

澆身被服強圉兮¹⁸，縱欲而不忍。
日康娛而自忘兮，厥首用夫顛隕¹⁹。

夏桀之常違兮[20]，乃遂焉而逢殃[21]。
后辛之菹醢兮[22]，殷宗用而不長[23]。

湯禹儼而祗敬兮[24]，周論道而莫差[25]。
舉賢才而授能兮，循繩墨而不頗[26]。」

皇天無私阿兮[27]，覽民德焉錯輔[28]。
夫維聖哲之茂行兮，苟得用此下土[29]。

瞻前而顧後兮，相觀民之計極[30]。
夫孰非義而可用兮，孰非善而可服？

阽余身而危死兮[31]，覽余初其猶未悔。
不量鑿而正枘兮[32]，固前修以菹醢。

注釋

①女嬃（ㄒㄩ）：可能是屈原的姐姐。嬃，楚人對姊的稱
謂。　嬋媛：喘息狀。在此指眷戀。

②申申：一再地。　詈（ㄌㄧˋ）：責備。　其：在此為
表緩和語氣的語氣詞。

③鯀（ㄍㄨㄣˇ）：即「鯀」，禹的父親。相傳他偷了天帝
的息壤治洪水，被天帝治罪，殺死在羽山之郊。婞（ㄒㄧㄥˋ）
直：秉性剛直。

④殀（ㄧㄠˇ）：死。　羽：羽山。所在不詳，一說在東海

之中。

⑤博謇（ㄐㄧㄢˇ）：過分忠貞。

⑥蘡（ㄗ）：積草繁多的樣子。　菉葹（ㄌㄨˋ　ㄕ）：惡草名，比喻讒邪之臣。

⑦節中：度量內心情感、志向。

⑧憑心：憤懣的心情。

⑨沅、湘：今湖南境內的兩大河流。

⑩重華：帝舜。相傳舜南巡，死在蒼梧之野（今湖南境內）。

⑪啟：禹之子，繼禹為君，建夏朝。　九辯、九歌：相傳為天帝的樂章，被啟偷來在人間演奏。

⑫夏：即夏啟。

⑬五子：名五觀。啟的幼子，因不滿啟而作亂。　用失乎：因而。「失」一說是衍文。　家巷：內亂。「巷」同「哄」。

⑭羿（ㄧˋ）：夏代有窮國君主。　畋（ㄊㄧㄢˊ）：打獵。

⑮封狐：大狐。

⑯亂流：指后羿等荒淫作亂之流。

⑰浞（ㄓㄨㄛˊ）：寒浞。羿的相。　厥家：羿的家室，指羿的妻子。厥，那。

⑱澆：同「奡」（ㄠˋ），寒浞之子。他先殺死夏后相，又在內亂中被相的兒子少康殺死。　強圉（ㄩˇ）：厚甲。姓。如春秋時楚國有圉公陽。

⑲用夫：因此、因而。

⑳夏桀：夏代最後一位君主，以殘暴著稱。　常違：指夏

桀違常理，行暴政。

㉑乃遂焉：於是這樣地。

㉒后辛：即殷紂王。　菹醢（ㄐㄩ　ㄏㄞˇ）：肉醬。傳說紂王將其臣梅伯做成了肉醬。

㉓殷宗：殷商的宗祀，代指商代的命運。

㉔湯禹：商代和夏代的開創者。　儼：畏。　祗（ㄓ）：恭敬。

㉕周：指周代的開創者周文王、周武王。

㉖頗：偏差。

㉗私阿（ㄚ丶）：偏袒。

㉘錯：同「措」，措置。

㉙苟：才。　下土：天下廣大的疆土。

㉚計極：終極。　危死：瀕臨死亡。

㉛阽（ㄉㄧㄢ丶）：接近危險。

㉜鑿：斧上插柄的孔。　枘（ㄖㄨㄟ丶）：斧柄。

詩意

女嬃氣喘吁吁，將我反覆斥責。
說：「鯀剛直因而亡身，被殺死在羽山之野。

你為何如此忠直修善，獨自擁有紛繁美好的節操？
滿室集聚眾多惡草，為何你獨自不服？

俗人不可一家家勸說，誰說能察明我的衷情？
舉世都愛好朋比為奸，你為何孤傲不把我的話聽？」

我度量前聖的準則，憂憤慨歎苟活到此時。
南渡過沅湖二水，在舜帝的陵前陳述言辭：

「啟偷竊了《九辯》與《九歌》，在人間自娛放縱。
不顧危難防止後患，因此造成五子內閧。

后羿淫樂而放蕩，又好射獵大狐。
本來荒淫之輩難得善終，寒浞又貪圖他的妻室。

澆憑著厚厚的鎧甲，因此他放縱而不忍。
每日娛樂而忘形，終於被少康取走首級。

夏桀處事違反常規，於是他遭受災殃。
商紂王將梅伯做成肉醬，殷的命運因而不得久長。

商湯夏禹敬畏天意，周初的聖王們遵循大道而行。
舉薦賢臣授權能人，遵守規矩沒有偏頗。

皇天本無偏私之心，憑統治君王的德行而決定輔佐。
只有聖哲才有峻茂的德行，方才配得上統治天下之土。

先賢們處事瞻前而顧後，用以觀察治理人世的策略。
誰人不義可用民心？哪個君王不善而使天下稱臣？
我的身體雖臨近死亡，回思初衷仍不後悔。
前賢們不自量力而直諫，因此才被暴君殺死。」

▧原詩

曾歔欷余鬱邑兮[01]，哀朕時之不當。
攬茹蕙以掩涕兮[02]，沾余襟之浪浪[03]。

跪敷衽以陳辭兮[04]，耿吾既得此中正。
駟玉虯以乘鷖兮[05]，溘埃風余上征[06]。

朝發軔於蒼梧兮[07]，夕余至乎懸圃[08]。
欲少留此靈瑣兮[09]，日忽忽其將暮[10]。

吾令羲和弭節兮[11]，望崦嵫而勿迫[12]。
路曼曼其修遠兮[13]，吾將上下而求索。

飲余馬於咸池兮[14]，總余轡乎扶桑[15]。
折若木以拂日兮[16]，聊逍遙以相羊[17]。

前望舒使先驅兮[18]，後飛廉使奔屬[19]。
鸞皇為余先戒兮[20]，雷師告余以未具[21]。

吾令鳳鳥飛騰兮，繼之以日夜。
飄風屯其相離兮[22]，帥雲霓而來御[23]。

紛總總其離合兮[24]，斑陸離其上下。
吾令帝閽開關兮[25]，倚閶闔而望予[26]。

時曖曖其將罷兮[27]，結幽蘭而延佇。

世溷濁而不分兮㉘，好蔽美而嫉妒。

朝吾將濟於白水兮㉙，登閬風而緤馬㉚。
忽反顧以流涕兮，哀高丘之無女㉛。

（注釋）

①曾：同「增」。累次。　歔欷（ㄒㄩ　ㄒㄧ）：哀泣的
聲音。

②茹蕙：柔軟的蕙蘭。

③浪浪（ㄌㄤˊㄌㄤˊ）：形容淚流不止。

④跪敷衽：下跪的禮節之一。即跪在地上，把衣服的前襟
鋪開。

⑤玉虬（ㄑㄧㄡˊ）：無角的白龍。　鷖（ㄧ）：鳳凰
類，身有五彩。這裡似指飾有鷖的車。

⑥溘（ㄎㄜˋ）：忽然。

⑦軔（ㄖㄣˋ）：止住車輪的木墊。　蒼梧：地名。位於
今湖南寧遠東南部。相傳舜死在蒼梧。

⑧懸圃：神話中的山名。在崑崙山中部。

⑨靈瑣：神仙所居的宮門。瑣，門上刻的花紋，在此代指
門。

⑩忽忽：同「匆匆」，形容日光急速流逝。

⑪羲和：相傳是給太陽駕車的神。　弭節：停車。節，馬
鞭。

⑫崦嵫（ㄧㄢ　ㄗ）：神話中山名，太陽落下的地方。

⑬曼曼：同「漫漫」，長遠的樣子。

⑭咸池：神話中地名，日落時在此沐浴。

⑮總：拴。　轡（ㄆㄟˋ）：馬韁繩。　扶桑：神話中日出之處，傳說扶桑是神樹。

⑯若木：神話中的樹名，日落其下。

⑰逍遙：徘徊不前的樣子。　相羊：同「徜徉」，徘徊。

⑱望舒：為月亮駕車的神。

⑲飛廉：風神。　奔屬：緊跟著奔跑。屬，連綴。

⑳鸞皇：鳳一類的鳥。

㉑雷師：雷神，名叫豐隆。

㉒飄風：旋風。　屯：聚集。　離：同「麗」，附著。

㉓雲霓：彩虹的外圈。　御：同「迓」，迎接。

㉔總總：聚集的樣子。

㉕帝閽（ㄏㄨㄣ）：給天帝守門的神。閽，守門人。

㉖閶闔：天門。

㉗曖曖：傍晚昏暗的樣子。　罷：盡。

㉘溷（ㄏㄨㄣˋ）濁：渾濁。

㉙白水：水名。傳說源於崑崙山，是黃河之源。

㉚閬（ㄌㄤˋ）風：神山名。在崑崙山上。　紲（ㄒㄧㄝˋ）繫，拴。

㉛高丘：山名。一說在閬風山上。　女：神女。一說為巫山神女。

詩意

　　我涕泣不斷心中抑鬱，暗自哀痛生不逢時。

　　拔取柔紉的蕙草拭淚，泣下沾襟漣漣不止。

恭敬地向帝舜跪述言辭，自幸得到中正之理。
四龍駕起華麗的鸞車，忽然間乘著風塵上天遠征。

早晨在蒼梧啟軔始行，傍晚我已到懸圃山中。
心想在此叩宮暫留，太陽西垂時至黃昏。

我令羲和停車歇腳，遠望崦嵫再勿迫近。
長路漫漫多麼遙遠，我將天上地下繼續追尋。

在日落的咸池飲馬休息，在日出的扶桑拴住韁繩。
折下若木拭拂太陽，聊且逍遙按捺悲情。

前面使望舒駕月馳驅，後面使飛廉御風跟蹤。
鸞凰在前為我警戒，雷師卻告我行裝不全。

我令鳳鳥御風飛騰，夜以繼日不停前行。
旋風集聚不停打轉，率領雲彩前來歡迎。

祥雲滾滾離合聚散，斑駁陸離上下湧動。
我令守關之神快快開門，他卻斜倚門框把我打量。

時光昏暗日頭將落，手握幽蘭在外徜徉。
世俗渾濁美醜不分，掩蔽美好產生妒心。

早晨我將橫渡白水，期望登上閬風繫馬止程。

忽然間回望家鄉流涕不止，哀歎崑崙山頂也無美人。

▆原詩

溘吾遊此春宮兮⁰¹，折瓊枝以繼佩。
及榮華之未落兮，相下女之可詒⁰²。

吾令豐隆乘雲兮，求宓妃之所在⁰³。
解佩纕以結言兮，吾令蹇修以為理⁰⁴。

紛總總其離合兮⁰⁵，忽緯繣其難遷⁰⁶。
夕歸次於窮石兮⁰⁷，朝濯髮乎洧盤⁰⁸。

保厥美以驕傲兮⁰⁹，日康娛以淫遊。
雖信美而無禮兮，來違棄而改求！

覽相觀於四極兮，周流乎天余乃下。
望瑤台之偃蹇兮¹⁰，見有娀之佚女¹¹。

吾令鴆為媒兮¹²，鴆告余以不好。
雄鳩之鳴逝兮¹³，余猶惡其佻巧。

心猶豫而狐疑兮，欲自適而不可¹⁴。
鳳皇既受詒兮，恐高辛之先我¹⁵。

欲遠集而無所止兮¹⁶，聊浮遊以逍遙¹⁷。

及少康之未家兮⑱，留有虞之二姚⑲。

理弱而媒拙兮，恐導言之不固⑳。
世溷濁而嫉賢兮，好蔽美而稱惡。

閨中既以邃遠兮㉑，哲王又不寤㉒。
懷朕情而不發兮，余焉能忍而與此終古㉓！

⎛注釋⎞

①春宮：東方青帝居住的地方。

②下女：在此指宓妃、簡狄、有虞氏之二女等，因對帝宮高丘而言，稱她們為下女。　詒：同「貽」，贈送。

③宓（ㄈㄨˊ）妃：伏羲氏之女，溺水而死，為洛水之神。

④蹇(ㄐㄧㄢˇ)修：傳說是伏羲氏之臣。　理：媒人。相傳為伏羲氏的臣子，專理婚姻、媒妁。後用為媒人的代稱。

⑤紛總總：形容宓妃侍從之盛。

⑥緯繣（ㄏㄨㄚˋ）：乖戾、違拗。形容宓妃不願相從。

⑦次：駐紮。　窮石：山名。相傳羿曾遷住於此。

⑧洧盤：神話中的水名，發源於崦嵫山。

⑨保：恃。

⑩瑤台：美玉砌成的高臺，相傳為西王母所居地。　偃蹇：高峻的樣子。

⑪有娀（ㄙㄨㄥ）：古國名。　佚女：美女。在此指帝嚳（ㄎㄨˋ）之妃簡狄，她是商的先祖契的母親。

⑫鴆：毒鳥。比喻壞人。

⑬雄鳩：一種似鵲的小鳥，喜歡歌唱。

⑭適：去。指親自去找美女。

⑮高辛：即帝嚳。

⑯集：就。指到別處尋求歸宿。

⑰浮遊：飄蕩。

⑱少康：中興夏代的君主。　家：用作動詞，成家。

⑲有虞：國名，姓姚，是舜的後代。　二姚：有虞國的兩個公主。

⑳導言：媒人傳達的語言。　不固：無效。

㉑閨中：古代女子居住之處，代指作者所追尋的美女。

㉒哲王：明智的君主，暗指楚懷王。　寤（ㄨˋ）：睡醒，醒悟。

㉓終古：永遠。

詩意

我匆匆遊覽了春宮，折瓊樹之枝彌續佩飾。

乘瓊花尚未凋落，尋找可贈此花的侍女。

於是令雷神豐隆乘雲而去，探尋宓妃的居處。

解下香囊用以交好，又令蹇修前往說合。

宓妃的侍女如雲聚集，轉眼間違拗了媒理之言。

暮色中歸宿在窮石之國，次晨又洗濯在洧盤之源。

宓妃恃其美質而驕傲，日日娛樂四處冶遊。
雖然很美卻無禮數，背離她吧，到別處追求！

我觀覽了四面八方，周遊了上天才降到人間。
遠望瑤台多麼高峻，只見有娀氏之女。

我令鴆去作媒，鴆回告我說女子不好。
雄鳩鳴叫著要去做媒理，我卻嫌其輕佻。

心內猶豫不決，想親自上門又覺不妥。
鳳凰既受高辛氏之托，擔心他先我去遊說。

意欲遠去又無所居，只有暫且徘徊逍遙。
乘少康尚未成家，有心留下有虞國君的二女。

可惜媒妁言辭笨拙，恐怕他傳言無效。
世俗渾濁嫉賢妒能，專好稱頌醜惡掩蔽美好。

閨中美人已深不可求，明智的君王偏偏不曾醒悟。
內心鬱積不便抒發，怎能與世俗長久為伍！

◤原詩

索藑茅以筳篿兮[01]，命靈氛為余占之[02]。
曰：「兩美其必合兮，孰信修而慕之？
思九州之博大兮[03]，豈唯是其有女？」

曰：「勉遠逝而無狐疑兮[04]，孰求美而釋女[05]？
何所獨無芳草兮，爾何懷乎故宇？」
世幽昧以眩曜兮[06]，孰云察余之善惡？

民好惡其不同兮，惟此黨人其獨異。
戶服艾以盈要兮[07]，謂幽蘭其不可佩。

覽察草木其猶未得兮[08]，豈珵美之能當[09]？
蘇糞壤以充幃兮[10]，謂申椒其不芳。

欲從靈氛之吉占兮，心猶豫而狐疑。
巫咸將夕降兮[11]，懷椒糈而要之[12]。

百神翳其備降兮[13]，九疑繽其並迎[14]。
皇剡剡其揚靈兮[15]，告余以吉故[16]。

曰：「勉升降以上下兮，求矩矱之所同[17]。
湯禹儼而求合兮[18]，摯、咎繇而能調[19]。

苟中情其好修兮，又何必用夫行媒？
說操築於傅岩兮[20]，武丁用而不疑[21]。

呂望之鼓刀兮[22]，遭周文而得舉。
寧戚之謳歌兮[23]，齊桓聞以該輔[24]。」

（注釋）

①葍（ㄑㄩㄥˊ）茅：一種用以占卜的靈草。　筵篿（ㄊㄧㄥˊ ㄓㄨㄢ）：指結草或折竹的占卜方式。

②靈氛：神巫名。

③九州：古代將天下分為冀、青等九州，說法不一。

④遠逝：遠行。

⑤女：同「汝」，你。在此指屈原。

⑥眩曜：眼光迷亂。

⑦要：通「腰」。

⑧得：得當。

⑨瑾美：像瑾玉之美。

⑩蘇：取。　幃：佩囊，一說為幃帳。

⑪巫咸：傳說為殷代神巫。

⑫椒糈（ㄒㄩˇ）：香料和精米。　要：同「邀」，邀請。

⑬翳（ㄧˋ）：遮蔽。

⑭九疑：即蒼梧山。在此指九疑山之神。　迎：當作「迓」（ㄧㄚˋ）：與下文「故」押韻。

⑮皇：輝煌光大。　剡剡（ㄧㄢˇ ㄧㄢˇ）：光焰四射狀。

⑯吉故：好的故事。在此指前代君臣協調的佳話。

⑰矩矱（ㄐㄩˇ ㄏㄨㄛˋ）：劃方形和量長短的工具。在此引申為政治主張。

同：似應為「周」，與下文「調」押韻。

⑱儼：真心實意。

⑲摯、咎繇（ㄧㄠˊ）：湯臣伊尹和禹臣皋陶（ㄍㄠ ㄧㄠˊ）。

⑳說（ㄩㄝˋ）：傅說，商君武丁之相。相傳他早先從事

版築（築牆）勞役，武丁發現並重用他。　傅岩：地名，在今山西平陸縣境內。

㉑武丁：殷高宗的名字。相傳他夢裡得到賢臣，後發現傅說與夢中賢臣相貌一樣，就拜他為相。

㉒呂望：即姜尚。相傳他早年在商都朝歌（今屬河南）做屠夫，懷才不遇，常敲著屠刀唱歌，後被周文王重用。

㉓寧戚：春秋時衛國人。相傳他在夜裡餵牛時唱歌，辭意不凡，被齊桓公聽見，就舉薦他做卿。

㉔齊桓：齊桓公小白，春秋五霸之首。　該輔：居輔佐大臣的位置。該，備。

詩意

尋來靈草用以占卜，命令靈氛為我預測。

卦辭說：「兩種美質必然遇合，誰真正美好而無人羨慕？

那九州何其廣大，只是這裡有你追慕的美女？」

又說：「勉力而去吧不要猶豫，愛才的君王哪會棄你不顧？

哪裡又無香草，為何總是掛念著家國故土？」

世道幽暗而眼光迷亂，誰可察知我的美善？

人們的好惡各不相同，惟有這些黨人獨特怪異。

家家纏繞滿腰的艾草，卻說幽蘭不可佩。

連草木都難以識別，哪裡能知道瑾玉的價值？

就似取了糞土填充香囊，卻說申地的椒實不芳。

我想服從靈氛的吉占，心內又猶豫懷疑。
巫咸將在傍晚降臨，又懷揣著椒和糈求之。

眾神紛紛自天而下，九疑之神齊往迎接。
神靈閃閃發光紛紛，忠告我吉祥的原故。

說：「努力上下探索吧！去尋求政見相同的明君。
湯和禹真心尋求合心的賢才，摯、咎繇君臣多麼協調。

假如你真正愛好美德，又何必用那些媒理？
傳說當年在傅岩築牆，武丁照樣用而不疑。

呂望在屠市上擊刀而歌，遇到文王得以重用。
寧戚夜半謳歌抒情，齊桓公就薦他做輔佐大臣。」

◤原詩

及年歲之未晏兮①，時亦猶其未央②。
恐鵜鴂之先鳴兮③，使夫百草為之不芳。

何瓊佩之偃蹇兮，眾薆然而蔽之④。
惟此黨人之不諒兮，恐嫉妒而折之。

時繽紛其變易兮，又何可以淹留⑤！

蘭芷變而不芳兮，荃蕙化而為茅。

何昔日之芳草兮，今直為此蕭艾也[06]！
豈其有他故兮，莫好修之害也。

余以蘭為可恃兮，羌無實而容長[07]。
委厥美以從俗兮，苟得列乎眾芳。

椒專佞以慢慆兮[08]，樧又欲充夫佩幃[09]。
既干進而務入兮[10]，又何芳之能祗[11]？

固時俗之流從兮，又孰能無變化？
覽椒蘭其若茲兮，又況揭車與江離！

惟茲佩之可貴兮，委厥美而歷茲。
芳菲菲而難虧兮，芬至今猶未沫[12]。

和調度以自娛兮[13]，聊浮游而求女。
及余飾之方壯兮，周流觀乎上下。

靈氛既告余以吉占兮，曆吉日乎吾將行。
折瓊枝以為羞兮[14]，精瓊靡以為粻[15]。

為余駕飛龍兮，雜瑤象以為車[16]。
何離心之可同兮[17]，吾將遠逝以自疏[18]。

注釋

①晏：晚。

②央：盡。

③鵜鴂（ㄊㄧ ´　ㄐㄩㄝ ´）：又名伯勞，秋天來時鳴叫。在此比喻時不我待。

④蘙（ㄞ ˋ）：然：陰暗掩蔽的樣子。

⑤淹留：久久停留。

⑥蕭艾：代指尋常的草。

⑦容長：容貌美麗。

⑧專佞（ㄋㄧㄥ ˋ）：專事諂媚巧辯。　慢慆（ㄊㄠ）：傲慢放縱。

⑨椴（ㄕㄚ）：惡草之名。

⑩干進：一心追求富貴。

⑪底：振作。

⑫沬：減損。

⑬和：諧協。　調度：格調和法度。

⑭羞：美味。在此指美食。

⑮精：指碎。　瓊糜：玉屑。　粻（ㄓㄤ ˇ）：糧。

⑯瑤象：美玉和象牙。

⑰離心：志向不同的人。

⑱自疏：主動疏遠。

詩意

趁年歲尚未衰老，時運尚且未盡。

惟恐鵜鴂先已鳴叫，秋天裡百草不再芬芳。

我的瓊佩多麼高峻，眾黨人卻紛紛將它掩蔽。
這些黨人不肯理解我，心恐其嫉妒而折毀我的志向。

時勢變化錯亂，怎麼可以在故國久留？
蘭芷衰變已經不香，荃蕙轉化為茅草。

為何昔日的芳草，今日竟為尋常的蕭艾？
豈是其他原故啊，是不好修美所遺害。

我本以為蘭是可依憑的，不料只是貌美而無實。
甘願委棄美質而從俗，只是苟且排列在眾芳之中。

椒專門媚巧而放縱，樧草充實在佩囊。
既然要一心鑽營虛榮，又怎能珍重品行芬芳？

固然世俗都追求富貴，什麼芳草能沒有變化？
看到椒蘭二草已是如此，更何況揭車與江離！

只有我的佩飾如此高貴，美質被委棄仍堅貞到此。
芳香濃烈難以虧損，四處飄散不曾泯滅。

和諧內心聊且自娛，四處尋求心中的美女。
趁我的修飾尚且壯美，還是上下尋求心中的聖主。

靈氛已告我吉祥的占卜，選擇好日子我將遠行。
折瓊枝作為美餚，搗碎瓊糜作為食糧。

為我駕起飛龍而騰起，美玉象牙交飾我的車。
離心離德者怎能同行，我誓將遠逝而疏遠他們。

▌原詩

邅吾道夫崑崙兮[01]，路修遠以周流。
揚雲霓之晻藹兮[02]，鳴玉鸞之啾啾[03]。

朝發軔於天津兮[04]，夕余至乎西極[05]。
鳳皇翼其承旂兮[06]，高翱翔之翼翼[07]。

忽吾行此流沙兮[08]，遵赤水而容與[09]。
麾蛟龍使梁津兮[10]，詔西皇使涉予[11]。

路修遠以多艱兮，騰眾車使徑待[12]。
路不周以左轉兮[13]，指西海以為期[14]。

屯余車其千乘兮，齊玉軑而並馳[15]。
駕八龍之婉婉兮，載雲旗之委蛇[16]。

抑志而弭節兮[17]，神高馳之邈邈。
奏《九歌》而舞《韶》兮[18]，聊假日以婾樂[19]。

陟升皇之赫戲兮[20]，忽臨睨夫舊鄉[21]。
僕夫悲余馬懷兮，蜷局顧而不行[22]。
亂曰[23]：已矣哉！國無人莫我知兮，又何懷乎故都[24]？

既莫足與為美政兮㉕，吾將從彭咸之所居！

注釋

①邅（ㄓㄢ）：轉。　崑崙：山名。古代傳說為西方神山。

②雲霓：旌旗。　晻藹（ㄢˇ　ㄞˇ）：郁茂陰暗的樣子。

③玉鸞：車衡木上的玉鈴，聲如鸞鳴。

④天津：星座名。在此比喻為渡神的口岸。

⑤西極：西方的盡頭。

⑥翼：用作動詞，指張開兩翼。　承旂：舉看繡有龍蛇的旗幟。

⑦翼翼：整齊的樣子。

⑧流沙：沙漠。指西部沙漠地帶。

⑨赤水：神話中水名，源於崑崙山。　容與：從容寬緩的樣子。

⑩麾：指揮。

⑪詔：告訴。　西皇：西方之神。　使涉予：令他將我渡過去。涉在此為渡的意思。

⑫騰：快速地傳令。

⑬不周：神話中山名，在崑崙山西北。

⑭西海：神話中的海，在最西方。　期：目的地。

⑮軑（ㄉㄞˋ）：車輪。車軸前端的帽蓋。通常為圓管狀，用金屬製成。

⑯委蛇：同「逶迤」。彎轉起伏的樣子。

⑰抑志：抑止旗幟。志，同「幟」。

⑱韶：帝舜的樂舞《九韶》。

⑲假日：假借時日。　媮（ㄩ′）：樂。

⑳皇：皇天。　赫戲：日光照耀狀。戲，同「曦」。

㉑睨（ㄋㄧ丶）：目光旁視狀。　舊鄉：指楚國。

㉒蜷局：拳曲不伸的樣子。

㉓亂：古代詩歌的末章、尾聲，有總結全章之意。

㉔故都：故國，指楚國。

㉕美政：指屈原的政治理想。

詩意

轉道向崑崙山行進，道路漫長苦苦求索。
旌旗飛揚遮天蔽日，車鈴和鳴聲響啾啾。

早晨在天津發車，晚上到達西極。
鳳凰展翅如舉著龍蛇大旗，高高翱翔兩翅齊齊。

忽然間已到流沙之地，再沿著赤水漫漫行進。
指揮著蛟龍渡過橋樑，告訴西皇使我涉過赤水。

道路長遠艱難多多，傳令眾車隊慎重等待。
路經不周山然後左轉，直指西海作為目的地。

我的車隊聚集了千輛，聚集後玉輪並駕齊馳。
駕車的八龍蜿蜒如陣，車載的旌旗曲折逶迤。

抑止住旗幟停下了車輪，注目遠望令我神馳。
奏起九歌舞起韶樂，姑且假時日而娛樂。

升至皇天陽光閃耀，忽然間反顧望見故鄉。
僕夫悲愴馬兒也惓戀，蜷曲回首不肯前行。

尾聲：
算了吧！國中無人，不瞭解我啊，為什麼一定懷戀故都？
既然不足以共謀美政，我寧可從彭咸而逝去！

◎第二篇 九　歌(屈原)

　　《九歌》是很古老的祭神曲。屈原的《九歌》是對楚地民間祭神曲潤色加工後的傑出作品,共十一篇。其中《東皇太一》、《雲中君》、《大司命》、《少司命》、《東君》是祭上天之神,《湘君》、《湘夫人》、《河伯》、《山鬼》是祭山河之神,《國殤》是祭陣亡將士之魂,《禮魂》一篇則是祭神曲的尾聲。這樣,形成一組精巧別致,風格清新,想像豐富,辭采絢麗,情景交融的歌曲,對後世影響極大。

東皇太一

題解

　　東皇太一是古代楚人對天地的尊稱。「太一」是星名,有祠在楚東,與東帝一起受祀,故稱東皇。這首詩乃是由巫者合唱,以頌揚東皇太一的祭祀歌。

▍**原詩**

　　吉日兮良辰，穆將愉兮上皇[01]。
　　撫長劍兮玉珥[02]，璆鏘鳴兮琳琅[03]。

　　瑤席兮玉瑱[04]，盍將把兮瓊芳[05]。
　　蕙餚蒸兮蘭藉[06]，奠桂酒兮椒漿。

　　揚枹兮拊鼓[07]，疏緩節兮安歌，
　　陳竽瑟兮浩倡[08]。

　　靈偃蹇兮姣服[09]，芳菲菲兮滿堂。
　　五音紛兮繁會[10]，君欣欣兮樂康[11]！

注釋

　　①愉：通「娛」，用作使動詞，使之快樂。
　　②撫：握。玉珥：指玉飾的劍柄。
　　③璆鏘（ㄑㄧㄡˊㄑㄧㄤ）：美玉相擊之聲。　　琳琅：
美玉。
　　④瑤：草名，可編席。　　玉瑱（ㄊㄧㄢˋ）：通
「鎮」，壓席邊的玉石。
　　⑤盍：何不。　　將把：持，舉。
　　⑥藉：承，襯墊。
　　⑦枹（ㄈㄨˊ）：鼓槌。　　拊（ㄈㄨˇ）：擊鼓的動作。
　　⑧倡：同「唱」。
　　⑨靈：神巫。　　偃蹇（ㄧㄢˇㄐㄧㄢˇ）：舞姿輕盈貌。

⑩五音：古代音樂的音階：宮、商、角、徵、羽，在此代指音樂。

⑪君：神，指東皇太一。

詩意

在那吉日和良辰，肅穆齋戒宴樂天神。
手握玉柄把持長劍，佩玉琳琅鏘鏘和鳴。

草席之邊壓了玉鎮，何不在席上擺好瓊芳之宴？
蕙草裹肉蘭葉鋪襯，再獻上桂酒和椒漿。

揚起鼓槌咚咚擊鼓，節奏疏緩歌聲悠揚，
竽瑟彈奏伴以高歌。

神巫曼舞身著美麗的服飾，芳香濃烈充溢了大堂。
五音和鳴盛會空前，願東皇快樂而健康！

雲中君

題解

　　雲中君即雲神。神話中又名豐隆、屏翳。這首詩乃是女巫迎雲神而唱的祭祀歌。

▍原詩

　　浴蘭湯兮沐芳[01]，華采衣兮若英[02]。
　　靈連蜷兮既留[03]，爛昭昭兮未央[04]。

　　蹇將憺兮壽宮[05]，與日月兮齊光。
　　龍駕兮帝服，聊翱遊兮周章[06]。

　　靈皇皇兮既降[07]，猋遠舉兮雲中[08]。
　　覽冀州兮有餘[09]，橫四海兮焉窮[10]？
　　思夫君兮太息[11]，極勞心兮忡忡[12]。

注釋

　　①蘭湯：和著蘭花的開水。
　　②若英：杜若（香草名）的花。
　　③連蜷（ㄑㄩㄢˊ）：宛轉的樣子。
　　④未央：未盡。

⑤謇（ㄐㄧㄢˇ）：楚方言中的發語詞。　　憺（ㄉㄢ
ˋ）：安樂。指神安然接受巫的導引而下凡受享。壽宮：神壇
名。

⑥周章：猶周流也，往來遊動。言雲神居無常處。

⑦皇皇：同「煌煌」，輝煌。

⑧猋（ㄅㄧㄠ）：迅速離去的樣子。

⑨冀州：古代九州之首，在今山西、河北一帶。在此代指
中國。有餘：指雲神望著冀州，旁及他方。

⑩焉窮：哪裡有窮境，言雲神橫行四海，沒有止境。

⑪君：指雲神。

⑫忡忡：憂慮不安的樣子。

詩意

蘭湯洗浴，香水沐髮；
身穿彩衣，手持杜若之花。
靈巫翩翩導引，將雲神挽留，
雲神昭昭閃，現靈在雲端。

他安然在壽宮享祀，同日月一般燦爛。
偉大的雲神啊，九龍為您駕車，
身穿著帝服，翱翔在空中，遊動翩翩。

忽而侍從紛紛，從天而降，
忽而迅飛沖天，復還雲間。
俯覽冀州，旁觀楚地，橫行天下，無有窮極。

偉大的雲神啊，令我思念，
頻頻歎息，勞心煩神，憂慮連連。

湘　君

題解

　　湘君：湘水之男神。一說為帝舜南巡，死在蒼梧山一帶（湘水發源地），乃化為湘水之神。其二妃娥皇、女英是堯帝的二女，她們到南方尋找舜帝，聞其已死，乃投湘水，遂化為湘水女神，號湘夫人。《湘君》、《湘夫人》是祭祀湘君和湘夫人的組歌。《湘君》寫湘夫人盼望湘君來約會卻未遇的惆悵心情。

▶原詩

　　君不行兮夷猶[01]，蹇誰留兮中洲[02]？
　　美要眇兮宜修[03]，沛吾乘兮桂舟[04]。
　　令沅湘兮無波，使江水兮安流[05]。
　　望夫君兮未來[06]，吹參差兮誰思[07]？

　　駕飛龍兮北征[08]，邅吾道兮洞庭[09]。
　　薜荔柏兮蕙綢[10]，蓀橈兮蘭旌[11]。
　　望涔陽兮極浦[12]，橫大江兮揚靈[13]。

揚靈兮未極⑭，女嬋媛兮為余太息⑮。
橫流涕兮潺湲⑯，隱思君兮陫側⑰。

桂櫂兮蘭枻⑱，斲冰兮積雪。
采薜荔兮水中，搴芙蓉兮木末⑲。
心不同兮媒勞，恩不甚兮輕絕⑳？

石瀨兮淺淺㉑，飛龍兮翩翩。
交不忠兮怨長，期不信兮告余以不閒㉒！

朝騁騖兮江皋㉓，夕弭節兮北渚㉔。
鳥次兮屋上㉕，水周兮堂下㉖。

捐余玦兮江中㉗，遺余佩兮醴浦㉘。
采芳洲兮杜若，將以遺兮下女㉙。
時不可兮再得，聊逍遙兮容與㉚！

（注釋）

①君：指湘君。　　夷猶：猶豫。
②蹇（ㄐㄧㄢˇ）：楚方言中發語詞。　　中洲：湖水中的
沙洲。
③要眇：體態美好狀。　　宜修：修飾適度。
④沛：盛。在此指船行迅速。
⑤沅湘：沅水和湘水，均在今湖南境內，注入洞庭湖。
⑥夫：那。
⑦參差（ㄘㄣ　ㄘ）：古樂器名，似即洞簫。　　誰思：

「思誰」的倒語。以上寫湘夫人在洞庭湖中等待湘君到來。

　　⑧飛龍：舟名。

　　⑨邅（ㄓㄢ）：回轉，改變行程。

　　⑩薜荔：香草名。　柏：疑為「帕」的誤寫。「帕」指旌旗。　蕙：香草名。　綢：應指旗幟。

　　⑪蓀橈：飾有香草蓀的船槳。　蘭旌：飾有蘭的旗幟。

　　⑫涔（ㄘㄣˊ）陽：江岸名。　今湖南澧縣有涔陽浦。極浦：極邊遠的水岸。

　　⑬橫：橫渡。　大江：長江的別名。　揚靈：顯揚自己的精誠。

　　⑭未極：指湘君終於未到。

　　⑮女：侍女。　嬋媛（ㄔㄢˊ　ㄩㄢˊ）：痛惻不已的樣子。

　　⑯潺湲（ㄔㄢˊ　ㄩㄢˊ）：水流徐緩的樣子。在此比喻淚流不止。

　　⑰隱：傷感痛惜。　悱側：悱，同「悱」，即「悱側」，內心悲痛。

　　⑱枻（ㄧˋ）：以木蘭裝飾的船舷。

　　⑲搴（ㄑㄧㄢ）：拔取。

　　⑳甚：過分。在此指深厚。

　　㉑淺淺（ㄐㄧㄢ　ㄐㄧㄢ）：水流迅急的樣子。

　　㉒期：約會。

　　㉓騁騖（ㄔㄥˇ　ㄨˋ）：急奔。　江皋：江邊的低地。

　　㉔弭節：放下馬鞭，代指停車。渚（ㄓㄨˇ）：水中沙洲。

　　㉕次：住，棲息。

　　㉖周：在此指水環流。

㉗捐：棄。　　玦（ㄐㄩㄝˊ）：玉佩。

㉘醴浦：澧水（在今湖南境內）邊。醴，通「澧」。

㉙遺（ㄨㄟˋ）贈送。

㉚容與：緩慢徘徊。

詩意

湘君啊猶豫不行，等待誰啊河中之洲？

體態美好善於修飾，快快行進划上我的桂舟。

令沅湘二水勿起波瀾，使大江之水安然而流。

遙望波濤之頭湘君並未到，嗚嗚吹簫我把誰來追求？

駕起龍舟往北飛行，洞庭湖中往來搜尋。

薜荔為旌蕙草為旗，蓀草飾槳蘭花繞旌。

眺望遠處的涔陽，恨不能馬上表達我的精誠。

誠心愛你而渡江不成，侍女也為我歎息傷心。

涕淚橫流不可遏止，思念湘君啊令我心痛。

桂木為槳，蘭花飾船，船行不前猶如除雪破冰。

水裡怎能採集薜荔？樹頂怎能摘下芙蓉？

心意既不同，媒人也徒勞；恩情既不深，何怪輕易分？

石上流水清且淺，龍船翩翩如飛行。

交往不忠怨恨長，相約不至卻告我無閒空！

清晨在江邊上奔波，傍晚上宿在偏僻的小洲之中。
鳥兒棲息在屋頂，江流在堂屋四周繞行。

將佩玉遺棄在江裡吧，將佩飾丟在澧水之濱。
在洲中採集芳香的杜若，聊且送給隨侍的下女。
時機已失，不可再得；徘徊四顧，以安我心。

湘夫人

題解

　　這首詩寫湘君盼湘夫人來約會卻未遇的惆悵心情。湘夫人：湘水之神。

▶原詩

　　帝子降兮北渚[01]，目眇眇兮愁予[02]。
　　嫋嫋兮秋風[03]，洞庭波兮木葉下。
　　登白薠兮騁望[04]，與佳期兮夕張[05]。
　　鳥何萃兮蘋中[06]？罾何為兮木上[07]？

沅有芷兮醴有蘭⑧，思公子兮未敢言⑨。
荒忽兮遠望⑩，觀流水兮潺湲。

麋何為兮庭中？蛟何為兮水裔⑪？
朝馳余馬兮江皋⑫，夕濟兮西澨⑬。

聞佳人兮召予，將騰駕兮偕逝。
築室兮水中，葺之兮荷蓋⑭。

蓀壁兮紫壇⑮，播芳椒兮成堂⑯。
桂棟兮蘭橑⑰，辛夷楣兮藥房⑱。
罔薜荔兮為帷⑲，擗蕙櫋兮既張⑳。
白玉兮為鎮㉑，疏石蘭兮為芳㉒。
芷葺兮荷屋㉓，繚之兮杜衡。

合百草兮實庭，建芳馨兮廡門㉔。
九嶷繽兮並迎㉕，靈之來兮如雲。
捐余袂兮江中㉖，遺余褋兮醴浦㉗。
搴汀洲兮杜若，將以遺兮遠者。
時不可兮驟得，聊逍遙兮容與！

注釋

①帝子：天帝的女兒。在此指湘夫人。　　北渚：江北岸。

②眇眇：極目而望的樣子。愁予：使我憂愁。

③嫋嫋（ㄋㄧㄠˇ　ㄋㄧㄠˇ）：同「裊裊」，在此形容秋風不絕的樣子。

④白蘋（ㄈㄢˊ）：一種秋天生長在湖澤邊的水草。

騁望：極目遠望。

⑤與佳期：踐約，赴約會。　　夕張：在傍晚時安排約會。

⑥蘋（ㄆㄧㄣˊ）：浮萍一類水草名。

⑦罾（ㄗㄥ）：魚網。

⑧沅：水名，在今湖南境內，注入洞庭湖。　　醴：同「澧」，水名。

⑨公子：指湘夫人，古代亦稱女子為公子。

⑩慌忽：同「恍惚」，心境朦朧的樣子。

⑪水裔（ㄧˋ）：水邊。

⑫江皋：江邊的低地。

⑬澨（ㄕˋ）：水邊。

⑭葺（ㄑㄧˋ）：用茅草蓋屋頂。

⑮蓀壁：用蓀草（香草名）飾牆壁。　紫壇：用紫貝砌庭中的地。

⑯成：塗飾。

⑰橑（ㄌㄠˇ）：屋椽。

⑱辛夷：樹木名。　楣：門上橫樑。　藥：指白芷，在此用作動詞，指以白芷飾洞房。

⑲罔：通「網」，意為編結。

⑳擗（ㄆㄧˋ）：掰開。　櫋（ㄇㄧㄢˊ）：屏風，隔扇。

㉑鎮：壓坐席的玉鎮。

㉒疏：分佈，陳列。　石蘭：香草名。

㉓芷葺：以白芷蓋屋頂。
㉔建：陳列。　廡（ㄨˇ）：古代亭堂四周的廊屋。
㉕九嶷：山名，在今湖南境內，在此指九嶷山之神。
㉖袂（ㄇㄟˋ）：應為「袟」，小囊，女子的佩飾。
㉗褋（ㄉㄧㄝˊ）：單裙。

詩意

上帝的公主飄降在江北之島，我望眼欲穿，愁緒繚繞；
秋風蕭蕭，天氣漸涼，洞庭波上落葉飄飄。

登上白之地遠遠瞭望，預約在夕陽西下的黃昏。
鳥兒怎麼會集中在上？魚網怎麼掛在了樹頂？

沅水邊有白芷，澧水邊生幽蘭，心思公子啊，口中不便言。
黃昏時極目而望，只見江水平流緩緩。
麋鹿為何到庭中覓食？蛟龍為何到了水邊？
早晨在江邊騎馬馳騁，傍晚乘船來到西岸。

聽說佳人已經召喚，急切切要與她並馬奔騰而前。
在湖水中築室吧，用荷蓋做了屋頂。

用蓀草飾壁紫貝砌地吧，把芳椒和在牆泥之中。
桂樹作棟蘭莖為椽，辛夷為楣白芷飾房。
編好薜荔作帷，分開蕙草作屏。

白玉為坐席之鎮，陳列石蘭播送芳芬。
白芷為頂荷花蓋屋，洞房四周繚繞了杜衡。

集合了百種香草裝飾庭堂，充滿的芳香溢出了廊門。
九嶷之神繽紛來迎，眾神靈下降如雲。

將我的玉佩棄入大江，將我的套裙丟在澧水之中。
沙洲邊舉起芳香的杜若，願送給遠來的姑娘。
時機易失不可多得，暫且逍遙等待在江湖的船上。

大司命

題解

　　大司命是主宰人間壽命長短及生死的神。這首詩分別以神和巫的口氣，表述對神的尊敬和對命運無常的達觀理解。

▶原詩

　　廣開兮天門，紛吾乘兮玄雲。
　　令飄風兮先驅[01]，使凍雨兮灑塵[02]。

　　君迴翔兮以下，踰空桑兮從女[03]。

紛總總兮九州[04]，何壽夭兮在予。

高飛兮安翔，乘清氣兮御陰陽[05]。
吾與君兮齊速，導帝之兮九岡[06]。

靈衣兮被被[07]，玉佩兮陸離。
壹陰兮壹陽，眾莫知兮余所為。

折疏麻兮瑤華[08]，將以遺兮離居[09]。
老冉冉兮既極，不寢近兮愈疏[10]。

乘龍兮轔轔[11]，高馳兮沖天。
結桂枝兮延佇[12]，羌愈思兮愁人[13]。

愁人兮奈何，願若今兮無虧。
固人命兮有當[14]，孰離合兮可為？

注釋

①飄風：旋風。

②凍雨：暴雨。

③空桑：神話中的山名。　女：同。「汝」，你。

④紛總總：形容雜亂眾多。「紛總總」二句應為大司命自述。

⑤清氣：相對濁氣而言，指天地間清明之氣，猶言「正氣」。　御陰陽：駕馭天地間陰陽之氣的變化，喻掌握時間的運轉和人的壽命的長短。

⑥之：到。　九岡：山名。

⑦被被：同「披披」。指衣服飄動的樣子。

⑧疏麻：神麻。

⑨遺（ㄨㄟˋ）：贈。　離居：離居的人，指大司命。

⑩寢近：稍稍親近。

⑪轔轔：車行進時伴隨的響聲。

⑫延佇：久久等待。

⑬羌：句首語氣詞。

⑭當：在此指壽命有數。

詩意

敞開天宮的大門，我乘著濃雲上升。
令旋風在前開路，使暴雨灑下靜塵。

大司命飄轉而降，我越過空桑從你。
紛紜廣大的九州啊，凡人的壽夭盡握我手中。

高高飛翔旋轉空中，駕馭著時間與人的生命。
我願與您一同前進，導引您在九岡山頂。

神靈之衣冉冉飄飛，玉佩多麼光采陸離。
晝夜之間不停轉換，眾生不知我的所為。

折一把疏麻之花，送給將要離去的神靈。
衰老漸已達到極限，神啊我欲親近你反而遠行。

你駕著龍車隆隆行進，高馳沖天不見音容。
我編好桂枝久久立望，心中思念多麼愁人。

愁煩啊無可奈何，願您保重就似當今。
人命本來早有定數，壽夭生死誰可決定？

少司命

題解

　　此篇為少司命的祭歌，寫得華采飛揚，情意纏綿，似含有楚地初民情歌的遺韻。少司命：主宰子嗣生育之神。

▶原詩

秋蘭兮蘼蕪，羅生兮堂下；
綠葉兮素華，芳菲菲兮襲予①。
夫人自有兮美子②，蓀何以兮愁苦③？

秋蘭兮青青，綠葉兮紫莖；
滿堂兮美人，忽獨與余兮目成④。

入不言兮出不辭，乘回風兮載雲旗[05]，
悲莫悲兮生別離，樂莫樂兮新相知。

荷衣兮蕙帶，倏而來兮忽而逝[06]。
夕宿兮帝郊，君誰須兮雲之際？

與汝遊兮九河，沖風至兮水揚波。
與汝沐兮咸池[07]，晞汝髮兮陽之阿[08]。
望美人兮未來，臨風怳兮浩歌。

孔蓋兮翠旍[09]，登九天兮撫彗星[10]。
竦長劍兮擁幼艾[11]，蓀獨宜兮為民正[12]。

⬭ **注釋**

①菲菲：香氣濃烈狀。

②夫：發語虛詞。　人：人們，指百姓。

③蓀：香草名。此處代指少司命。

④目成：指少司命獨與我以眉目定情。

⑤雲旗：以雲當旗。

⑥倏（ㄕㄨˋ）：忽然。

⑦咸池：神話的天池。

⑧晞（ㄒㄧ）：曬乾。　陽之阿（ㄚ）：指暘（ㄧㄤˊ）
谷，傳說太陽出於其中。

⑨孔蓋：孔雀之翅為蓋。　翠旍：翡翠之羽為旍旗。

⑩撫：持。　彗星：一名掃帚星。在此想像彗星為掃除邪惡

的掃帚。

　　⑪竦（ㄙㄨㄥˇ）：聳，挺立。也可解作執，持。　幼艾：嫩的艾草，象徵兒童。

　　⑫荃：指少司命。　正：主宰。

詩意

　　秋天的蘭花和蘼蕪，生長在堂屋周圍。
　　枝葉翠綠，花朵潔白，芳香濃烈，令人醉煞。
　　人們自會生兒育女，神靈你為何牽掛？

　　蘭葉青青茂盛，綠葉舒展紫莖亭亭。
　　滿堂的美人聚集其中，忽然間獨與我靈犀相通。

　　神靈您入不聲言出不辭，駕乘旋風搖雲旗。
　　悲傷無過生別離，快樂無過新相知。

　　您身著荷衣蕙草為束帶，飄忽而來匆匆逝。
　　暮宿在帝郊之野，為誰等待在天壤之際？

　　願與您同遊黃河，秋風橫起揚大波。
　　願與您在咸池同浴，觀賞你曬髮在暘谷之坡。
　　望眼欲穿啊，美人未來，臨風恍惚，仰天浩歌。

　　孔雀之屏為蓋，翠鳥之羽做旌。
　　遙登九天吧，撫持彗星。

手把刺天的長劍，擁抱稚嫩的兒童。

偉大的少司命啊，惟獨您秉持真理愛護生靈。

東　君

題解

本篇為贊禮太陽神的詩。東君：日神。

▶原詩

暾將出兮東方①，照吾檻兮扶桑②。

扶余馬兮安驅，夜皎皎兮既明。

駕龍輈兮乘雷③，載雲旗兮委蛇④。

長太息兮將上，心低佪兮顧懷。

羌聲色兮娛人⑤，觀者憺兮忘歸⑥。

緪瑟兮交鼓⑦，簫鐘兮瑤簴⑧。

鳴篪兮吹竽⑨，思靈保兮賢姱⑩。

翾飛兮翠曾⑪，展詩兮會舞⑫。

應律兮合節，靈之來兮蔽日。

青雲衣兮白霓裳，舉長矢兮射天狼。

操余弧兮反淪降⑬，援北斗兮酌桂漿⑭。

撰余轡兮高馳翔⑮，杳冥冥兮以東行⑯。

注釋

①暾（ㄊㄨㄣ）：初升的太陽。

②吾檻：我的門檻，指扶桑樹。　吾：在此指神巫。　扶桑：傳說東方日出處的神樹。

③龍輈（ㄓㄡ）：龍駕的車。輈：車轅，代指車。(古代馬車上駕駛座居中一根彎起的木頭。)

④雲旗：以雲霞做的旗。　委蛇（ㄨㄟ　一ˊ）：蜿蜒曲折狀，在此指旗幟隨風飄揚的樣子。

⑤聲色：指祭神時載歌載舞的場面。

⑥憺（ㄉㄢˋ）：安樂。

⑦絚（ㄍㄥ）：緊急。在此指瑟弦奏出急促的聲音。　交鼓：相對擊鼓。

⑧簫鐘：指簫鐘雜奏。　瑤簴（ㄐㄩˋ）：以瑤飾掛鐘的木架。簴：懸掛鐘、磬等架子兩旁所立的柱子。

⑨篪（ㄔˊ）：管樂器名。

⑩思：發語詞。　靈保：神巫名。

⑪翾（ㄒㄩㄢ）：輕捷的樣子。　翠曾（ㄗㄥ）：翠鳥展翅飛翔的樣子。

⑫展詩：指神巫展開詩章來唱。

⑬弧：弓。在此指以弧矢為弓。

⑭援：持，拿。

⑮撰：持。　轡（ㄆㄟˋ）：馬韁繩。

⑯冥冥：黑暗的樣子。　東行：古人認為太陽白天西行，夜晚又要在大地背面趕回東方。

詩意

旭日懸掛在東方，照耀濃綠的扶桑。
乘上馬兒緩緩前進，夜色已退顯露曙光。

駕起龍車隆隆西行，雲旗飄飄八面臨風。
歎息一聲我將升天，心情沉重留戀難忍。

祭神的場面使人快樂，觀者安樂不想歸程。
琴瑟急促擊鼓咚咚，玉飾之架簫鼓雜陳。

鳴篪吹竽多麼歡樂，巫女貌美兼有賢行。
態如翠鳥雙翅輕舒，展詩歌唱群舞不停。

歌舞合拍節奏鮮明，眾神紛紛降迎東君。
畫著青雲衣，晚穿白虹裳，舉起長箭遙射天狼之星。

操起弧矢之弓降落返回，手把北斗又將桂花酒飲。
乘上我的馬兒高馳飛翔，長夜漫漫往東返行。

河　伯

題解

　　本篇為祭祀黃河之神的詩歌。其中述予（唱詩的巫）與河
伯在河中相會相別，中情淒惻，似為情歌的遺制。河伯：黃河之
神。

▮原詩

　　與女遊兮九河①，衝風起兮橫波②。
　　乘水車兮荷蓋，駕兩龍兮驂螭③。

　　登崑崙兮四望④，心飛揚兮浩蕩。
　　日將暮兮悵忘歸，惟極浦兮寤懷⑤

　　魚鱗屋兮龍堂，紫貝闕兮珠宮⑥。
　　靈何為兮水中⑦。
　　乘白黿兮逐文魚⑧，與汝遊兮河之渚。
　　流澌紛兮將來下⑨。

　　子交手兮東行⑩，送美人汝南浦⑪。
　　波滔滔兮來迎，魚鄰鄰兮媵予⑫。

注釋

　　①女：指河神。女，同「汝」。　九河：渭、汾、洛等黃河的九條支流。

　　②沖風：大風。　橫波：橫斷河面湧起的大波。

　　③驂螭（ㄔㄞˊ）：以螭（無角的龍）駕車。古代以四馬駕車，中間二匹叫「服」，左右二匹叫「驂」。

　　④崑崙：山名，在西域。古人認為是黃河發源地。

　　⑤極浦：黃河中極遠之地。浦，水邊。　寤懷：醒著睡著都在懷念。寤：「寤寐」的省稱。

　　⑥闕：宮門前兩邊高聳的望台。

　　⑦靈：指河伯。

　　⑧黿（ㄩㄢˊ）：鱉的一種。古人認為黿與文魚都是水中神物。

　　⑨流澌（ㄙ）：春天到來，河中融解的冰塊。也指流水。

　　⑩子：您。指河伯。

　　⑪美人：唱詩的巫的自稱。

　　⑫鄰鄰：連貫排比的樣子。　媵（ㄧㄥˋ）予：伴隨。古代陪送出嫁的女子和男子。

詩意

　　與您遍遊九條大河，河面上狂風掀起大波。
　　乘著水車圓荷為蓋，兩龍駕轅雙螭作驂。

　　登上崑崙遙遙而望，心緒飛揚情懷浩蕩。
　　夕陽西下悵然忘歸，遠眺河邊令我念想。

魚鱗蓋屋龍骨築堂，紫貝飾闕珍珠布宮，
河伯啊，為何在河之中央？

乘著白黿追逐文魚，與您同遊在黃河之濱。
春初之時日暖冰消，河水由西滾滾向東。

你我攜手向東漫步，在河陰送別心中的美人。
波浪滔滔前來歡迎，魚兒列隊伴我而行。

山　鬼

題解

　　這是一篇表述男女愛情的詩。一說屈原借山神之飄忽難
求，表述其君臣難以和諧的悲愴心情。　山鬼：山神。一說指巫
山神女。

▶**原詩**

　　若有人兮山之阿[01]，被薜荔兮帶女蘿[02]。
　　既含睇兮又宜笑[03]，子慕余兮善窈窕[04]。

乘赤豹兮從文貍⑤，辛夷車兮結桂旗⑥。
被石蘭兮帶杜衡，折芳馨兮遺所思⑦。

余處幽篁兮終不見天⑧，路險難兮獨後來。
表獨立兮山之上，雲容容兮而在下。

杳冥冥兮羌晝晦⑨，東風飄兮神靈雨。
留靈修兮憺忘歸⑩，歲既晏兮孰華予⑪！

采三秀兮於山間⑫，石磊磊兮葛蔓蔓。
怨公子兮悵忘歸，君思我兮不得閒。
山中人兮芳杜若⑬，飲石泉兮蔭松柏。
君思我兮然疑作。

雷填填兮雨冥冥⑭，猨啾啾兮狖夜鳴⑮。
風颯颯兮木蕭蕭，思公子兮徒離憂⑯。

（注釋）

①若：發語詞。　人：指山鬼。　阿（ㄜ）：彎曲的地方，一隅。

②被（ㄆㄧ）：同「披」。　薜荔（ㄅㄧˋㄌㄧˋ）：藤狀植物。生於南方。　帶：帶子。在此用作動詞，意為「以⋯⋯為帶子」。　女蘿：蔓生植物。

③睇（ㄉㄧˋ）：微微斜視。　宜笑：指女子笑得自然得體。

④子：指山鬼的愛人。　余：山鬼自稱。

⑤從：跟從。　文狸：神狸。

⑥辛夷：一種花樹，似木蘭。

⑦遺（ㄨㄟˋ）：贈送。

⑧幽篁（ㄏㄨㄤˊ）：幽靜的竹林。

⑨羌：語氣助詞。

⑩靈修：山鬼所戀之人。　憺（ㄉㄢˋ）：安閒的樣子。

⑪華：在此用作動詞。使華美。

⑫三秀：靈芝草。

⑬山中人：山鬼自指。

⑭填填：雷鳴聲。

⑮啾啾（ㄐㄧㄡ）：猿的叫聲。　狖（ㄧㄡˋ）：黑色的長尾猿。

⑯離：通「罹」，遭受。

詩意

一位女子在山間，身披薜荔帶女蘿。
眼含秋波面帶笑，我愛你窈窕你愛我。

乘赤豹啊伴神狸，辛夷飾車桂飾旗。
身帶石蘭腰纏杜衡草，折了香花送所思。

我居處深竹難見天，道路曲折赴約晚。
你獨自站在巫山上，白雲茫茫飄下邊。

深山幽冥晝晦暗，神靈降雨春風送暖。
願留心上人留連忘返，歲月匆匆誰能使我永駐華顏！

採靈芝在群山之中，怪石磊磊葛藤蔓蔓。
心怨公子惆悵不歸，君思我啊難得空閒。

山中人以杜若為芳，飲石泉之水以松柏為蔭。
君思我心中不斷，忐忑不安疑竇叢生。

雷聲隆隆降雨濛濛，長夜之中猿猴悲鳴。
秋風颯颯落葉蕭蕭，我思公子啊空自憂心。

國　殤

題解

　　本篇為歌頌為國捐軀的將士的歌辭。國殤（ㄕㄤ）：為國戰死的人。

▶原詩

　　操吳戈兮被犀甲⁰¹，車錯轂兮短兵接⁰²。
　　旌蔽日兮敵若雲，矢交墜兮士爭先。

凌余陣兮躐余行⑬，左驂殪兮右刃傷⑭。
霾兩輪兮縶四馬⑮，援玉枹兮擊鳴鼓⑯。

天時懟兮威靈怒⑰，嚴殺盡兮棄原野。
出不入兮往不返，平原忽兮路超遠⑱。
帶長劍兮挾秦弓，首雖離兮心不懲⑲。

誠既勇兮又以武，終剛強兮不可凌。
身既死兮神以靈，魂魄毅兮為鬼雄⑳！

注釋

①吳戈：戰國時吳國所製的戈，形狀類似矛。　被：同
「披」。

②錯轂（ㄍㄨˇ）：戰車相交，輪軸碰撞。

③躐（ㄌㄧㄝˋ）：踐踏。

④驂（ㄘㄢ）：古戰車由四馬所駕，中間二匹叫「服」，
左右兩匹叫「驂」。　殪（ㄧˋ）：殺死。　右：右驂的省略。

⑤霾：同「埋」。　縶：絆住。

⑥援：拿起。　玉枹（ㄈㄨˊ）：飾了玉的鼓槌。

⑦懟（ㄉㄨㄟˋ）：怨恨。

⑧忽：同「惚」。在此形容將士之魂惚恍渺茫。

⑨心不懲：心無怨恨。

⑩毅：剛烈。

詩意

左手執吳戈，身上披犀甲；車軸相撞擊，短刀來砍殺。
旌旗蔽白日，敵陣如連雲；箭矢續續飛，勇士爭先鋒。

敵方破我陣，踐踏我行伍；左馬已戰死，右馬亦受傷。
雙輪陷泥中，四馬難奮挣；將帥操鼓槌，擊鼓陣前鳴。

天象多怨怒，神靈亦懷恨；戰士盡亡軀，原野棄紛紛。
出征誓不還，殺敵決不還；亡靈繞平原，惚恍歸路遠。
身軀帶長劍，雙臂挾秦弓；身首雖離異，內心無懷恨。

殺敵可言勇，戰死武節尊；終然稱剛強，威靈不可凌。
身軀雖已死，精神尚有靈；魂魄多剛烈，死亦為鬼雄。

禮　魂

題解

　　禮魂是《九歌》的終曲，為送神曲。由男巫女巫一邊傳遞鮮花一邊舞蹈歌唱。

◣原詩

成禮兮會鼓[01]，傳芭兮代舞[02]；
姱女倡兮容與[03]。
春蘭兮秋菊，長無絕兮終古！

注釋

①會鼓：急急地打鼓。
②代：交替。指邊舞邊傳遞鮮花。
③倡：同「唱」。

詩意

祭禮已成急急敲鼓，傳遞鮮花輪番跳舞；
美麗的女子唱起頌歌，舞蹈舒緩容雍大度。
春天有蘭秋天有菊，敬禮諸神千秋萬古！

◎第三篇　九　章(屈　原)

　　《九章》是屈原九篇詩歌的總題。據宋代朱熹說，是「後人輯之，得其九章，合得一卷，非必出於一時之言也」。這恐怕是對的。其創作年代已不可考，據郭沫若推斷，《橘頌》一篇，體裁和情趣都迥異於其他八篇，可能屬早期作品。其他八章，似均為屈原失意後所作，其意與《離騷》一脈相承，「其先後，大抵《惜誦》較早，可能是初受疏遠時所作；《抽思》、《思美人》次之，《悲回風》、《涉江》又次之；《哀郢》毫無疑問是頃襄王二十一年郢都被滅於白起時所作。《懷沙》、《惜往日》，大抵就是蟬聯而下的作品了」。可以見出，《九章》每一篇前後承續，是屈原悲劇生涯的真實紀錄。

橘　頌

題解

　　《橘頌》是屈原早期作品，詩中仔細描寫了橘的個性，熱烈歌頌其堅貞不移的高貴品質，飽含著詩人立志建功、自我修美的上進精神，與其放逐後憂怨憤懣、一唱三歎的詩風形成鮮明對照。

▌原詩

　　后皇嘉樹①，橘徠服兮②。
　　受命不遷③，生南國兮。

　　深固難徙，更壹志兮④。
　　綠葉素榮，紛其可喜兮。

　　曾枝剡棘⑤，圓果摶兮⑥。
　　青黃雜糅，文章爛兮⑦。

　　精色內白⑧，類任道兮⑨。
　　紛縕宜修⑩，姱而不醜兮⑪。

　　嗟爾幼志，有以異兮。
　　獨立不遷，豈不可喜兮？

　　深固難徙，廓其無求兮⑫。
　　蘇世獨立⑬，橫而不流兮⑭。

　　閉心自慎⑮，終不過失兮。
　　秉德無私⑯，參天地兮⑰。

　　願歲並謝，與長友兮。
　　淑離不淫⑱，梗其有理兮。

　　年歲雖少，可師長兮。

行比伯夷[19]，置以為像兮[20]。

注釋

①后皇：指皇天上帝。后，帝也。

②徠：通來。　服：周代將王都及周圍土地分為五區，稱五服。楚國在周王朝的南服之地。

③遷：移植。傳說橘樹生淮水之南則為橘，生淮水之北則為枳，果不可食。

④壹志：指橘專生於淮水之南，比喻志向專一。

⑤曾：通「層」，重疊。　剡（一ㄢˇ）棘：尖銳的針刺。

⑥摶（ㄊㄨㄢˊ）：通「團」，圓形。

⑦文章：文采。指橘實青黃相間的狀態。

⑧精色：指橘皮色澤鮮明。

⑨任道：可擔當重任的志士。

⑩紛縕（ㄈㄣ　ㄩㄣ）：五彩斑斕的樣子。

⑪姱（ㄎㄨㄚ）：美好。

⑫廓：豁達。

⑬蘇世：清醒於世事。

⑭橫：橫渡。比喻正直。

⑮閉心：清心寡欲。

⑯秉德：堅持高尚的節操。

⑰參天地：與天地一樣高大。

⑱淑離：內外並美。

⑲伯夷：殷末周初時孤竹君之子。與其弟叔齊反對周滅殷，不食周粟，餓死在首陽山（今山西永濟市南），被視為義

士。

　㉑置：植。

詩意

　　天地間美麗的橘樹，栽培在楚國的土地。
　　稟承天命而不遷移，長期生長在南國這裡。

　　葉茂根深而難徙，更加上志氣專一。
　　綠葉間綻開著白花，枝葉紛披真是可喜。

　　枝幹層疊，針刺尖銳，圓圓的果實掛滿樹枝。
　　果實青黃雜糅相呈，色彩斑斕令人欣喜。

　　橘皮精黃橘心潔白，類似擔當重任的志士！
　　色彩紛盛多麼可人，橘樹啊，真是可愛無匹。

　　感歎你少年有志，與凡人大大有異。
　　獨立不移，豈不可喜。

　　根深而堅固難以遷徙，心胸豁達秉性堅毅。
　　清醒在世，傲然獨立，橫絕而渡，不肯逐流漂移。

　　你深藏不露，出言謹慎，處事通達，終無過失。
　　你堅持德操，公正無私，秉承志節，與天地並立。

你願與天地同生同死，真可與你長久友誼。

你內外並美，不淫不邪，堅直高大，中正有理。

你年歲雖小，可以為師。

就像不朽的伯夷，可堪在庭中楷模般樹立。

惜　誦

題解

　　本篇表述作者盡忠楚王，反招怨恨和讒謗的悲憤心情，是《九章》中最為曉暢之作。惜誦，表達不願表達而又不得不說的心情。

▶原詩

　　惜誦以致愍兮^①，發憤以抒情。

　　所非忠而言之兮^②，指蒼天以為正^③

　　令五帝以折中兮^④，戒六神與嚮服^⑤。

　　俾山川以備御兮^⑥，命咎繇使聽直^⑦。

竭忠誠而事君兮，反離群而贅肬⑧。
忘儇媚以背眾兮，待明君其知之⑩。

言與行其可跡兮⑪，情與貌其不變。
故相臣莫若君兮，所以證之不遠。

吾誼先君而後身兮⑫，羌眾人之所仇也⑬。
專惟君而無他兮，又眾兆之所讎也⑭。

壹心而不豫兮⑮，羌不可保也⑯。
疾親君而無他兮⑰，有招禍之道也。

思君其莫我忠兮，忽忘身之賤貧。
事君而不貳兮，迷不知寵之門⑱。

忠何辜以遇罰兮，亦非余之所志也。
行不群以顛越兮⑲，又眾兆之所咍也⑳。

紛逢尤以離謗兮㉑，謇不可釋也。
情沉抑而不達兮，又蔽而莫之白也。

心鬱邑余佗傺兮，又莫察余之中情。
固煩言不可結而詒兮㉒，願陳志而無路。
退靜默而莫余知兮，進呼號又莫余聞。
申佗傺之煩惑兮，中悶瞀之忳忳㉓。

昔余夢登天兮，魂中道而無杭㉔。
吾使厲神占之兮㉕，曰「有志極而無旁」㉖。

終危獨以離異兮，曰君可思而不可恃。
故眾口其鑠金兮㉗，初若是而逢殆㉘。

懲熱羹而吹齏兮㉙，何不變此志也？
欲拾階而登天兮㉚，猶有曩之態也㉛。

眾駭遽以離心兮㉜，又何以為此伴也？
同極而異路兮，又何以為此援也㉝？

晉申生之孝子兮，父信讒而不好㉞。
行婞直而不豫兮㉟，鯀功用而不就㊱。

吾聞作忠而造怨兮，忽謂之過言㊲。
九折臂而成醫兮，吾至今乃知其信然。

矰弋機而在上兮㊳，罻羅張而在下㊴。
設張闢以娛君兮㊵，願側身而無所㊶。

欲儃佪以干傺兮㊷，恐重患而離尤㊸。
欲高飛而遠集兮㊹，君罔謂女何之㊺？
欲橫奔而失路兮，蓋堅志而不忍。
背膺牉以交痛兮㊻，心鬱結而紆軫㊼。

攬木蘭以矯蕙兮[48]，鑿申椒以為糧。
播江離與滋菊兮，願春日以為糗芳[49]。

恐情質之不信兮，故重著以自明。
撟此媚以私處兮[50]，願曾思而遠身[51]。

（注釋）

①愍（ㄇㄧㄣˇ）：憂愁，憤懣。

②所：發誓之詞。在此有假如之意。　非忠而言之：不是出於忠心而發牢騷。

③正：通「證」，意為作證。

④五帝：有數種說法。比如以伏羲、神農、黃帝、堯、舜為五帝。一說為五方之帝。　折中：判斷。在此指請五帝判斷是非。

⑤六神：日、月、星、水、旱、四時寒暑。　戒：告，命。指上帝命眾神察其是非。　嚮服：指如有虛言，願向五帝六神服罪。

⑥俾：使令。　備御：駕車。在此指令山川之神駕車。

⑦咎繇：即皋陶（ㄍㄠ　ㄧㄠˊ），相傳曾做過舜的掌刑法的官。　聽直：判斷作者所述的曲直。

⑧贅肬（ㄧㄡˊ）：肬，同「疣」。多餘的肉，在此比喻作者成為被讒臣排擠的對象。

⑨儇媚：巧佞諂媚。

⑩其：在此為表示緩和語氣的助詞。

⑪跡：在此用作動詞。指有蹤跡可尋。

⑫誼：同「義」，情義。

⑬羌：楚方言中的發語詞。

⑭眾兆：同上句「眾人」，均指讒害屈原的佞臣。 讎（ㄔ
ㄡˊ）：出賣。在此指被讒臣出賣陷害。

⑮不豫：不猶豫。指一心忠君，剛直不阿。

⑯不可保：指屈原被楚王放逐自身難保。

⑰疾：專力。在此指專心致力於忠君，不防被小人陷害。

⑱寵：在此指在君王面前邀寵。

⑲顛越：傾覆。指屈原在政治上失意。

⑳咍（ㄏㄞ）：嘲笑。

㉑尤：責備。 離謗：遭受誹謗。

㉒詒（一ˊ）：送。在此指向楚王表達。

㉓悶瞀（ㄇㄠˋ）：心情沉悶而煩亂。 忳忳（ㄊㄨㄣ
ˊ）：憂悶的樣子。

㉔杭：道路。在此應指前進的方向。

㉕厲神：主殺伐之神。

㉖志極：指志向，目標。 旁：在此指輔助之人。

㉗眾口其鑠（ㄕㄨㄛˋ）金：眾人一起讒謗，即使金石也
可熔化。

㉘殆：危險。在此指被楚王放逐。

㉙齏（ㄐㄧ）：切碎的鹹菜末。此句本意為，因害怕熱
湯，故在進食前連冷的鹹菜末一類食物也以口吹之，生怕燙傷。
比喻忠而被謗，乃至處處小心。

㉚拾階而登天：順著梯子上天。比喻回到楚王身邊盡忠。
拾，攀緣。階，梯子。

㉛曩（ㄋㄤˇ）之態：指被放逐前對楚王的忠直之心。

㉜眾駭遽以離心：指眾人見屈原忠直之狀，都害怕、嫉妒，所以不與其同心。以，而。

㉝援：可作援引的同志。

㉞「晉申生之孝子」二句：春秋時，晉獻公太子申生行孝端正，但獻公聽信寵幸的驪姬的讒言，逼迫申生自殺。獻公乃立驪姬所生子奚其為太子。

㉟婞直：剛正。

㊱鯀（ㄍㄨㄣˇ）功用而不就：指禹的父（即鯀）治水的功業不能成就。

㊲過言：言過其實。

㊳矰（ㄗㄥ）弋機而在上：對空中之鳥欲張弓射箭。矰，帶絲線的短箭，用以射鳥。弋，指矰在弓上，發而射之。

㊴罻（ㄨㄟˋ）羅：捕鳥的小網。以上二句比喻讒人設計陷害屈原。

㊵張闢：佈設羅網用以傷害。

㊶側身：斜著身體躲避襲擊。

㊷儃（ㄔㄢˊ）佪：欲進不進的樣子。　干傺：想駐足不進，喻停止向君王表忠。

㊸重：增加。

㊹集：鳥棲止在樹上，在此比喻遠到別國建功立業。

㊺君罔謂女何之：君王難道不會說，你想到哪裡去呢？之，到、去、往。

㊻背膺牉（ㄆㄢˋ）：背與胸相背而合。

㊼紆軫(ㄩ　ㄓㄣˇ)：隱痛在心而不可解脫。

㊽擣(ㄉㄠˇ)：搗。　矯：糅。

㊾糗（ㄑㄧㄡˇ）芳：美好的乾糧。

⑩撟：舉。　媚：比喻美好的節操。　私處：自娛。猶言潔
身自好。
⑪曾思：深思。

詩意

心懷不忍而呈述憂愁，抒發憤懣表露幽情。
假如不出於忠誠而言，手指蒼天而作證。

令五帝前來判決，告六神向其服罪。
使山川之神準備駕車，命法官咨詢斷定是非　。

竭盡忠心服侍君王，反致離群成為贅肬。
忘卻佞巧導致背眾，盼望明君或許知悉。

言行忠直都可細述，內情與外貌決不改變。
故而知臣莫若君主，因為君臣相距不遠。

寧願先君而後身，決不怕眾人仇恨。
專念君王決無二心，又遭讒臣出賣耍弄。

一心思君剛正不阿，因此自身不可善保。
全力奉君並不猶豫，反而成為招禍之道。

思念君王數我忠誠，竟然忘卻自身微貧。
服侍君王哪有貳心，心性迷惑不知邀寵。

忠誠為何要遇懲罰？這不是我的心志。
行為不群而遭顛仆，又被眾讒人譏笑。

紛紛被責遭受誹謗。內心鬱結不可釋懷。
內心鬱結無法上達，蒙蔽幽處無處表白。

神情憂鬱徘徊失意，又有何人明瞭我心？
煩言不可集中表達，願意列述卻無路徑。

退而靜默誰可知我，進而呼號誰可聽聞？
失意重重煩膩迷惑，心中悶亂憂思困頓。

夢裡曾經登上九天，魂魄半道忽失行蹤。
我使屬神點卜先驗，他說我有志而無助。

臨危獨處眾叛親離，君王思慮卻不可恃。
舊說眾口可以銷金，初遇此情即逢危局。

害怕熱羹口吹冷齏，為何不變剛直之態？
欲緣梯階攀上九天，自信猶有往日氣概。

眾人驚駭紛紛離心，何必又有這些侶伴！
目的相同路途不同，那又何必作為奧援。

晉國申生本為孝子，獻公信讒不加信用。
剛直而不知曲就，故而治水不得成功。

曾聞盡忠反而招怨，一時以為並非實言。
多次折臂久而成醫，至今乃知此言信然。

在上張弓意欲發箭，在下布網加以捕殺。
眾人專巧用以娛君，寧願側身避禍無法。

心想徘徊駐足不進，恐怕禍患大罪加身。
心想高飛遠遠棲止，又怕君王不肯放棄。

心想狂奔反而迷路，志向堅定於心不忍。
背胸相交陣陣作痛，心中抑鬱難以釋情。

搗碎木蘭和以蕙芳，鑿爛申椒以為口糧。
播下江離培植菊花，心願春日充作食物。

情感質樸君王難信，反覆陳說用以自明。
固守美質自娛其心，甘願深思遠隱其身。

涉　江

　　本詩寫屈原流放江南時的艱難困苦，表達出詩人不屈的鬥爭精神和高尚的情操。

■原詩

　　余幼好此奇服兮，年既老而不衰。
　　帶長鋏之陸離兮[01]，冠切雲以崔嵬[02]

　　被明月兮佩寶璐[03]。
　　世溷濁而莫余知兮，吾方高馳而不顧。
　　駕青虬兮驂白螭[04]，吾與重華遊兮瑤之圃[05]。

　　登崑崙兮食玉英[06]，
　　吾與天地兮比壽，與日月兮齊光。
　　哀南夷之莫吾知兮[07]，且余將濟乎江湘。

　　乘鄂渚而反顧兮[08]，欸秋冬之緒風[09]
　　步余馬兮山皋[10]，邸余車兮方林[11]。

　　乘舲船余上沅兮[12]，齊吳榜以擊汰[13]。

船容與而不進兮⑭，淹回水而凝滯。

朝發枉渚兮⑮，夕宿辰陽。
苟余心其端直兮，雖僻遠之何傷！

入溆浦余儃佪兮⑯，迷不知吾所如⑰。
深林杳以冥冥兮，乃猿狖之所居⑱。

山峻高以蔽日兮，下幽晦以多雨。
霰雪紛其無垠兮，雲霏霏而承宇。

哀吾生之無樂兮，幽獨處乎山中。
吾不能變心以從俗兮，固將愁苦而終窮。

接輿髡首兮⑲，桑扈臝行⑳。
忠不必用兮，賢不必以㉑。

伍子逢殃兮㉒，比干菹醢㉓。
與前世而皆然兮㉔，吾又何怨乎今之人？
余將董道而不豫兮㉕，固將重昏而終身㉖。

亂曰：鸞鳥鳳皇，日以遠兮。
燕雀烏鵲，巢堂壇兮。
露申辛夷㉗，死林薄兮㉘。
腥臊並御㉙，芳不得薄兮㉚。

陰陽易位，時不當兮。

懷信佗傺㉛，忽乎吾將行兮！

注釋

①長鋏（ㄐㄧㄚˊ）：劍名。

②冠：帽，在此用作動詞，為戴冠之意。　切雲：冠名。崔嵬（ㄨㄟˊ）：高聳之狀。

③被：同「披」。　明月：珍珠名。

④虯（ㄑㄧㄡˊ）：傳說為無角之龍。驂：古代由四馬駕車，左右兩邊的馬叫驂。螭（ㄔ）：傳說為像蛟龍的動物。

⑤重華：帝舜之名。　瑤之圃：傳說為西王母的花園，即所謂瑤池。

⑥崑崙：西域山名，傳說王母所居，又產美玉。

⑦南夷：楚國南部的少數民族。在此當指楚國。

⑧鄂渚：地名，在今湖北武昌。

⑨欸：歎息。

⑩皋（ㄍㄠ）：通「高」。在此指高地。

⑪邸：同「抵」。抵達。　方林：地名，不詳確指。一說即大樹林。

⑫舲（ㄌㄧㄥˊ）船：有篷窗的小船。

⑬吳榜：吳地（今江浙一帶）製的大槳。　汰：水波。

⑭容與：舒緩的狀態。

⑮枉渚：地名。下句「辰陽」也為地名。

⑯溆（ㄒㄩˋ）浦：溆水（沅水的支流）之濱。在今湖南境內。　儃佪（ㄔㄢˊ　ㄏㄨㄟˊ）：徘徊不前的樣子。

⑰如：往、去。

⑱猿狄（一ㄡˋ）：猿猴類動物。

⑲接輿：春秋時楚國隱士。　髡（ㄎㄨㄣ）：剃髮，古代的刑罰之一。

⑳桑扈：古代隱士。

㉑以：用。

㉒伍子逢殃：伍子胥，名員，春秋時吳國大夫，以直諫蒙罪，吳王夫差逼其自殺。

㉓比干菹醢（ㄏㄞˇ）：殷紂王的叔父，因直諫，被紂王剖心。菹醢，把人剁成肉醬的酷刑。傳說紂王將其大臣梅伯做成了肉醬。

㉔與：通「舉」，全部。

㉕董道：正道。　豫：猶豫。

㉖重昏：憂思交錯。

㉗露申：植物名，一名瑞香花。

㉘林薄：叢林。

㉙御：進奉。

㉚薄：迫近。

㉛侘傺（ㄔㄚˋ ㄔˋ）：失意的樣子。

詩意

我年幼時就喜歡這奇異的服飾，年高仍一往如故。

我的佩劍閃閃發光，戴了切雲之冠高峻突兀。

嵌著明月之珠，鑲著珍貴的寶璐。

世道混濁誰可理解，我儘管高視向前，全然不顧。
青虯駕車白螭作驂，我陪著帝舜遨遊瑤圃。

登上崑崙山頂，品食精玉。
願與天地同壽，願與日月同光。
可歎南方荒蠻無人瞭解，早晨我渡過了湘水和大江。

登上鄂渚的高岸回首而望，感受秋冬之交的餘風。
暫且將馬兒放在山坡，將車兒停在山林中。

乘著篷船我溯上沅江，艄公的大槳一齊擊打水波。
船兒卻徘徊不進啊，在洄水中旋轉蕩漾。

早晨從枉渚出發，晚上才到辰陽。
只要我的心地端直剛正，道路僻遠那又何妨！

進入漵浦我內心猶豫，迷失道路不知何往。
兩岸的山林幽暗陰深，那裡只配猿猴居住。

山勢高高遮天蔽日，山腳下煙霧多麼陰幽。
霰雪紛紛廣漠無邊，濃雲飄蕩密佈遮空。

可憐我的生涯毫無快樂，幽然獨處在深山之中。
我哪能改變初衷跟從俗流，終將因愁苦而終於窮困。

接輿剃髮成了隱士，桑扈衣裸赤身而行。

忠誠者未必使用，賢達者未必看重。
伍子胥直言而遭殃，比干進諫而剖心。

列舉前賢命運悲慘，為何怪怨當今的俗人？
我將遵守正道毫不猶豫，固然要憂思終身。

尾聲：鸞鳥鳳凰，日行漸遠。
燕雀烏鵲，築巢堂前。
露申木蘭，死在林邊。
腥臊並用，芳香棄焉。

陰陽早已顛倒，時勢不合心志。
忠信反而失意，我將飄然而逝。

哀　郢

題解

　　本篇旨在敘述屈原流放在外，哀念楚的國都郢。一說楚頃襄王二十一年（西元前278年）春天，郢都被秦將白起攻破，頃襄王遷都，百姓流離失所，屈原乃以此為背景，在流放陵陽時作了此詩。郢(ㄧㄥˇ)，在今湖北江陵西北。

▰原詩

皇天不純命兮[01]，何百姓之震愆[02]？
民離散而相失兮，方仲春而東遷[03]。

去故鄉而就遠兮，遵江夏以流亡[04]。
出國門而軫懷兮[05]，甲之朝吾以行[06]。

發郢都而去閭兮[07]，怊荒忽其焉極[08]？
楫齊揚以容與兮，哀見君而不再得。

望長楸而太息兮，涕淫淫其若霰。
過夏首而西浮兮[09]，顧龍門而不見[10]。

心嬋媛而傷懷兮[11]，眇不知其所蹠[12]。
順風波以從流兮，焉洋洋而為客[13]。

凌陽侯之氾濫兮[14]，忽翱翔之焉薄[15]。
心絓結而不解兮[16]，思蹇產而不釋[17]。

將運舟而下浮兮，上洞庭而下江。
去終古之所居兮，今逍遙而來東。

羌靈魂之欲歸兮，何須臾而忘反？
背夏浦而西思兮，哀故都之日遠。

登大墳而遠望兮[18]，聊以舒吾憂心。

哀州土之平樂兮，悲江介之遺風⑲。

當陵陽之焉至兮⑳，淼南渡之焉如㉑？
曾不知夏之為丘兮㉒，孰兩東門之可蕪？

心不怡之長久兮，憂與愁其相接。
惟郢路之遼遠兮，江與夏之不可涉。

忽若去不信兮，至今九年而不復。
慘鬱鬱而不通兮，蹇侘傺而含戚㉓。

外承歡之汋約兮㉔，諶荏弱而難持㉕。
忠湛湛而願進兮㉖，妒被離而鄣之㉗。

彼堯舜之抗行兮㉘，瞭杳杳其薄天㉙。
眾讒人之嫉妒兮，被以不慈之偽名㉚。

憎慍惀之修美兮㉛，好夫人之慷慨㉜。
眾踥蹀而日進兮㉝，美超遠而逾邁㉞。

亂曰：曼余目以流觀兮㉟，冀壹反之何時？
鳥飛反故鄉兮，狐死必首丘㊱。
信非吾罪而棄逐兮㊲，何日夜而忘之㊳！

注釋

①不純命：指上天喜怒無常。

②震愆：恐懼而遭殃。

③仲春：夏曆二月。在此似應指楚頃襄王二十一年的二月。　東遷：指楚的國都東遷到陳（今河南淮陽）。

④江夏：江，指長江；夏，指長江的支流夏水。在今湖北境內。

⑤軫（ㄓㄣˇ）懷：痛心。

⑥甲之朝：甲日這一天的早晨。

⑦閭：村寨的門。指家鄉。

⑧怊（ㄔㄠ）：憂愁。　荒忽：指因憂愁而昏亂。

⑨西浮：指舟船轉而西行。一說從郢東遷，西浮乃是心思向西，表戀戀不捨之意。

⑩龍門：城的東門。

⑪嬋媛：眷戀的心態。

⑫蹠（ㄓˊ）：踏。指心思恍惚雙腳行邁不定。

⑬焉：於是。　洋洋：漂泊不定的樣子。

⑭凌：登。　陽侯：波浪之神。

⑮忽：飄忽不定的樣子。　焉薄：在哪裡停泊？薄，通「泊」。

⑯絓（ㄍㄨㄚˋ）結：牽掛鬱結。

⑰蹇產：曲折。在此指愁思不釋之狀。

⑱大墳：水邊高地。

⑲江介：長江兩岸。介，岸邊。

⑳陵陽：今安徽省陵陽鎮，是屈原此次向東流放的終點。

㉑如：至。

㉒曾：不料，竟然。

㉓侘傺：失意的樣子。

㉔汋（ㄓㄨㄛˊ）約：同「綽約」，柔美和順的樣子。

㉕諶（ㄔㄣˊ）：誠然。　荏（ㄖㄣˇ）弱：軟弱。　持：通「恃」，依靠。

㉖湛湛（ㄓㄢˋ　ㄓㄢˋ）：淳厚樸實的樣子。

㉗鄣：同「障」，遮蔽，阻礙。

㉘抗行：高尚的行為。抗，通「亢」，高尚。

㉙薄：接近。

㉚不慈：對子女不加愛惜。指堯舜未將帝位傳給他們的兒子，被讒人指責為不慈。

㉛憎慍（ㄗㄥ　ㄩㄣ）：忠誠的樣子。

㉜夫：那，那些。慷慨：在此指巧言令色，與「慍」相反。

㉝踥蹀（ㄑㄧㄝˋ　ㄉㄧㄝˊ）小步快走，表示尊敬的樣子。在此指奉迎媚上。

㉞美：美德。在此代指秉持美德的人，為屈原自比。

㉟曼：伸展。

㊱首丘：頭向山丘。首用作動詞。

㊲信：確實。

㊳之：指郢都。

詩意

皇天啊反覆無常，為何令百姓震恐遭殃？

人們離散而相失，正值春耕時遷往東方。

離開故地流浪他鄉，沿著江夏之水逃奔。
走出都門我痛心疾首，甲日早晨我啟程而行。

從郢都出發背井離鄉，愁思荒忽無窮無盡。
船槳齊揚行程緩緩，可哀啊難見我君。

回望鄉梓長聲歎息，涕淚不絕飄如雪霰。
船過夏首轉而西行，返顧東門早已不見。

心中戀戀傷我胸懷，眇茫前程如何前行。
順著風波任意漂流吧，從此作淪落天涯之人。

登上滔滔掀起的波峰，飄忽飛翔何處是前程？
內心鬱結難以解結，愁腸迂曲纏繞不清。

即將乘舟再往前行，過了洞庭進入大江之中。
離開祖先世居之地，而今飄轉踉蹌向東。

靈魂牽繞本欲歸去，何曾一刻忘記返鄉？
背離夏浦令我眷戀，哀歎故都漸行漸遠。

登上高坡極目西望，聊以舒緩悠悠愁心。
哀想故宇昔日安樂，悲思大江兩岸遺風。

前面的陵陽何時可到？遠遠南渡又要何往？
不曾料郢都變為丘墟，又哪知東門也會荒涼。

心中不歡久久不懌，憂愁接續前後相承。
郢都的歸路日漸遼遠，長江夏水阻斷回程。

光陰迅逝難以置信，至今九年故都未返。
慘鬱之心難以釋通，失意困頓愁眉不展。

外表恭順體態綽約，實質柔弱難以憑恃。
忠心耿耿為君效力，反遭讒妒疏遠障蔽。

堯舜的節操多麼高尚，就似日月照耀高接雲層。
眾讒人將他們嫉妒，蒙受了不慈的惡名。

憎恨忠臣的高風美德，反好讒人的巧言令色。
小人獻媚反而漸漸高升，君子高遠反被疏遠。

尾聲：我縱目四方遙遙而望，希冀返歸不知時日。
鳥兒倦飛尚歸故鄉，狐狸臨死頭朝出生的丘崗。
我本無罪卻被放逐，眷懷故土的癡心何日可忘！

惜往日

題解

這首詩當是屈原的絕命之辭。詩中回想了作者盡忠而被讒的不幸遭遇，和被讒後遭到放逐卻愈加剛正的偉大形象。

原詩

惜往日之曾信兮，受命詔以昭時[01]。
奉先功以照下兮[02]，明法度之嫌疑[03]。

國富強而法立兮，屬貞臣而日娭[04]。
秘密事之載心兮[05]，雖過失猶弗治[06]。

心純龐而不泄兮[07]，遭讒人而嫉之[08]。
君含怒以待臣兮，不清澂其然否。

蔽晦君之聰明兮[09]，虛惑誤又以欺。
弗參驗以考實兮，遠遷臣而弗思。
信讒諛之混濁兮，盛氣志而過之[10]。

何貞臣之無罪兮，被離謗而見尤[11]？
慚光景之誠信兮[12]，身幽隱而備之[13]。

臨沅湘之玄淵兮⑭，遂自忍而沉流⑮。
卒沒身而絕名兮⑯，惜壅君之不昭⑰。

君無度而弗察兮，使芳草為藪幽⑱。
焉舒情而抽信兮⑲，恬死亡而不聊⑳。
獨鄣壅而藪隱兮㉑，使貞臣而無由㉒。

聞百里之為虜兮㉓，伊尹烹於庖廚㉔。
呂望屠於朝歌兮㉕，寧戚歌而飯牛㉖。
不逢湯武與桓繆兮㉗，世孰雲而知之？

吳信讒而弗味兮㉘，子胥死而後憂。
介子忠而立枯兮㉙，文君寤而追求。
封介山而為之禁兮㉚，報大德之優遊㉛。
思久故之親身兮，因縞素而哭之。

或忠信而死節兮㉜，或訑謾而不疑㉝。
弗省察而按實兮，聽讒人之虛辭。
芳與澤其雜糅兮，孰申旦而別之㉞？

何芳草之早殀兮，微霜降而下戒。
諒聰不明而蔽壅兮㉟，使讒諛而日得。

自前世之嫉賢兮，謂蕙若其不可佩。
妒佳冶之芬芳兮，嫫母姣而自好㊱。
雖有西施之美容兮㊲，讒妒入以自代㊳。

願陳情以白行兮，得罪過之不意㊴。
情冤見之日明兮，如列宿之錯置㊵。

乘騏驥而馳騁兮，無轡銜而自載㊶。
乘氾泭以下流兮㊷，無舟楫而自備。
背法度而心治兮，闊與此其無異。

寧溘死而流亡兮，恐殃禍之有再。
不畢辭而赴淵兮㊸，惜壅君之不識。

(注釋)

①昭時：指屈原被信任時抱負遠大。

②先功：先王的功業。

③嫌疑：在此意為決斷嫌疑。

④屬：囑託。 娭：同「嬉」。

⑤載心：指屈原堅持原則，把秘事放在心上。

⑥治：追究。

⑦純龐：純厚。

⑧讒人：指楚頃襄王的弟弟子蘭等人。令尹，楚國的最高行政長官。

⑨聰明：耳和目。

⑩過：責罰，加罪。

⑪見尤：被指責。

⑫光景：光和影。比喻君臣關係。景，同「影」。

⑬備：同「避」。

⑭玄淵：深淵。

⑮沉流：指投江自盡。

⑯卒：終於，最終。

⑰壅（ㄩㄥ）君：使君王（指楚頃襄王）受蒙蔽。壅在此為使動用法。

⑱藪：長著雜草的湖泊。

⑲焉：哪裡能夠。　抽信：逐條申述。信，通「伸」。在此為表達之意。

⑳恬：安然、坦然。　　不聊：不苟且偷生。

㉑鄣壅：隱蔽。指楚王受人蒙蔽。鄣，同「障」。

㉒無由：指沒有通向君王之路。

㉓百里之為虜：春秋時，虞國大夫百里奚，在晉獻公滅虞國時被俘，並作為陪嫁的奴隸送給秦國，反被秦穆公重用。

㉔伊尹：商湯的賢相。相傳他在一小國做奴隸時，因善烹調被商湯重視，被任為相，助商滅夏。　庖（ㄆㄠˊ）廚：廚房。

㉕呂望：姜太公。傳說他早年在商都朝歌（今河南淇縣）宰牛為生，後垂釣在渭水之濱，遇到周文王，才被重用，助周滅商。

㉖寧戚：春秋時衛國人。相傳他在齊國販牛，有一夜餵牛時看到齊桓公經過，就敲著牛角唱歌，感歎懷才不遇。桓公聽出來他是賢人，就邀他同車回朝，受到重用。

㉗繆：通「穆」，指秦穆公，春秋五霸之一。

㉘吳：指吳王夫差。他聽信太宰伯嚭（ㄆㄧˇ）的讒言，逼迫忠臣伍子胥自殺。

㉙介子：春秋時晉國人介子推。他追隨晉公子重耳（即後

來的晉文公）流亡十九年。重耳成為國君後，卻忘了賞賜介子推。介子推與其母隱居綿山。晉文公想起介子推的功勞，要加封於他，介子推卻拒不受封賞。重耳便放火燒山，企圖逼其出來。不料介子推卻與母親抱樹而死。

㉚封介山：指晉文公將綿山的土地封為介子推的祭田。　為之禁：指為了紀念介子推而在他的祭日那天禁煙火，只吃冷飯，此日即後來的寒食節。約在每年清明節之前的一天或二天。

㉛大德：相傳晉文公流亡在外，曾沒飯吃，介子推就割下自己的股肉給他吃。　優遊：寬大的樣子。

㉜或：有的人。

㉝詑謾（一ˊ　ㄇㄢˋ）：欺詐。

㉞申旦：天天。申，重複。

㉟諒：的確，實在。

㊱嫫（ㄇㄛˊ）母：傳說是古代醜婦。　姣（ㄐ一ㄠ）而自好：指嫫母賣弄風騷自愛自憐，以為天下最美。

㊲西施：春秋時越國美女，被越王勾踐獻給吳王夫差。在此代指賢臣，屬屈原自比。

㊳自代：喻讒臣進言，受到寵信，忠臣被排除在君王之外。

㊴不意：不在意料之中。

㊵列宿（ㄒ一ㄡˋ）星。　錯置：交錯排列。比喻屈原的冤情如星月一樣明白。

㊶轡（ㄆㄟˋ）銜：馬韁繩和馬嚼子。　自載：徒手駕馭馬車。

㊷乘氾泭（ㄈㄢˋ　ㄈㄨˊ）：乘上漂流的木筏。氾，同「泛」泭，同「桴」，木筏。

㊸赴淵：指屈原效彭咸投水自沉，以明志節堅貞。

詩意

痛惜啊我曾受到信任，秉承王命欲使政治清明。
依靠先王的業績治理天下，法度明確無可懷疑。

國家富強法紀立定，臣下忠貞普天太平。
秘事重大時時操心，雖有小失可免嚴懲。

心地仁厚不洩機密，反而遭受讒人嫉妒。
君王大怒責備為臣，不願辨清是非曲直。

君王耳目既受遮蔽，虛惑紛擾備受蒙欺。
不肯考察檢驗實情，將我遠放不加深思。
讒言阿諛使君混沌，盛氣之下強加罪過。

為何忠貞而無錯，反遭受誹謗而指責？
慚對陽光多麼誠信，暫且隱身幽暗而避禍。

面臨湘沅二水的深淵，我數下決心赴水而亡。
哪管最終名隨身去，只惜君王再難清醒。

君王失算不察根由，致使芳草深處澤藪之幽。
何處能夠伸張冤屈，安然死去吧不願偷生。

只是君王受欺忠臣遠隱，使我無由表達煩愁。
聽說百里奚曾做過俘虜，伊尹曾在廚房為奴。

呂望鼓刀在朝歌，寧戚哼著曲兒餵牛。
假使不逢湯、武、桓、穆，世人誰知他們的英名？

吳王夫差信讒而不辨，伍子胥死後頓生亡國之憂。
介子推忠直卻抱樹燒死，晉文公醒悟方才追求。
封贈介山嚴禁煙火，回報大恩多麼寬優。
思念故舊的親身經歷，因此身穿縞素而哭弔。

有的人為忠信之節而死，有的人欺詐而不受懷疑。
不曾細察而考求實際，寧可聽信讒人的虛辭。
芳草與污垢雜糅為一體，誰可天天細心辨別？

為何芳草這樣早衰？只因為對微霜不曾有戒。
委實是君王蒙受蔽欺，促使讒諛之言日益得逞。

從來就是佞人嫉賢妒能，反說蕙若不可帶佩。
嫉妒其美色和芬芳，嫫母賣弄自吹自擂。
雖有西施的美麗容顏，卻加以讒妒之言自我取代。

心想將真相自行表白，無故獲罪真是意外。
冤情歷久日漸分明，猶如星宿自有安排。
乘著駿馬而任意奔馳，不用轡繩而徒手駕馭。
乘著竹筏而順水漂流，不用舟楫而毫無戒備。

不守法度而自出心裁，與此相比而並與差異。

寧願速死而順水漂流，只怕禍患隨後又來。
不曾傾訴完畢即刻投水，可惜君王終不明白！

思美人

題解

　　本篇描述屈原被放逐後對楚王的懷念，實為表現屈原對其理想的不懈追求。美人，在本篇應代指楚王。

▌原詩

　　思美人兮，攬涕而佇眙①。
　　媒絕路阻兮②，言不可結而詒。

　　蹇蹇之煩冤兮③，陷滯而不發。
　　申旦以舒中情兮④，志沉菀而莫達⑤

　　願寄言於浮雲兮，遇豐隆而不將⑥。
　　因歸鳥而致辭兮，羌迅高而難當。

高辛之靈晟兮[07]，遭玄鳥而致詒[08]。
欲變節以從俗兮，愧易初而屈志。

獨歷年而離湣兮[09]，羌馮心猶未化[10]。
寧隱閔而壽考兮[11]，何變易之可為。

知前轍之不遂兮，未改此度。
車既覆而馬顛兮，蹇獨懷此異路。

勒騏驥而更駕兮，造父為我操之[12]。
遷逡次而勿驅兮[13]，聊假日以須時。
指嶓塚之西隈兮[14]，與纁黃以為期[15]。

開春發歲兮，白日出之悠悠。
吾將蕩志而愉樂兮[16]，遵江夏以娛憂[17]。

攬大薄之芳茝兮[18]，搴長洲之宿莽[19]。
惜吾不及古之人兮，吾誰與玩此芳草？

解萹薄與雜菜兮[20]，備以為交佩。
佩繽紛以繚轉兮，遂萎絕而離異。

吾且徘徊以娛憂兮，觀南人之變態[21]。
竊快在其中心兮，揚厥憑而不俟[22]。
芳與澤其雜糅兮，羌芳華自中出。

紛鬱鬱其遠烝兮㉓，滿內而外揚。
情與質信可保兮，羌居蔽而聞章。

令薜荔以為理兮，憚舉趾而緣木㉔。
因芙蓉以為媒兮，憚褰裳而濡足㉕。

登高吾不說兮，入下吾不能固㉖。
朕形之不服兮，然容與而狐疑㉗。

廣遂前畫兮㉘，未改此度也。
命則處幽吾將罷兮㉙，願及白日之未暮也。
獨煢煢而南行兮，思彭咸之故也㉚。

（注釋）

①眙（ㄔˋ）：直視的樣子。

②媒：指向楚王捎信的人。

③謇謇（ㄐㄧㄢˇ）：盡忠進言的樣子。

④申旦：天天，每天。

⑤沉菀：沉積。

⑥豐隆：雲神。

⑦高辛：古帝名，即帝嚳（ㄎㄨˋ）。　晟（ㄕㄥˋ）：日光熾照狀。形容帝德之盛。

⑧玄鳥：燕子。古人以為燕子可送信。

⑨離湣（ㄇㄧㄣˊ）：遭遇憂病。

⑩馮心：以心為憑，即師心自用。馮，同「憑」。

⑪隱閔：默默無聞。

⑫造父：傳說是給周穆王駕車的人，以善駕車而出名。

⑬逡次：同「逡巡」，欲進不進，遲疑不決的樣子。

⑭嶓塚：山名，漢水發源地。一說在甘肅天水，一說在陝西寧強。　隈（ㄨㄟ）：角落。

⑮纁黃：日落時紅黃交織的顏色。

⑯蕩志：心志搖盪，不受意念控制。

⑰遵：沿著。　江夏：地名。在今湖北境內。

⑱大薄：水草茂密之地。　芷：香草名。

⑲宿莽：一種經冬不死之草。

⑳萹（ㄆㄧㄢ）薄：泛指野草叢。萹即萹蓄草。

㉑南人之變態：當指沅湘一帶人的舞蹈。

㉒厥憑：指屈原賴以支撐的理想信念。厥，那。憑，憑恃。

㉓烝（ㄓㄥ）：興旺貌。在此形容芳氣濃烈。

㉔緣木：過木橋。在此比喻為媒介。

㉕褰裳（ㄑㄧㄢ　ㄔㄤˊ）：撩起下衣過河。

㉖固：久居。

㉗容與：遲疑不決的樣子。

㉘前畫：指以往的志向。

㉙罷（ㄆㄧˊ）：疲勞。指屈原已厭倦人生。

㉚彭咸：相傳為殷朝大夫，因進諫不被採納，乃投水殉志。

詩意

思念君王啊，我拭淚佇望。
信使斷絕道路阻隔，進忠的言語難以呈上。

忠直進諫引人煩冤，猶如船兒陷滯難以進發。
終日藉以舒展中情，沉結之志無由上達。

但願寄情於浮雲，遇到豐隆他不願帶信。
借歸鳥前往呈辭，它高飛迅疾難以相逢。

高辛氏之靈如日熾盛，本想托玄鳥表達中心。
變易初志令我慚愧，又想變節而屈從世情。

獨自多年蒙受詬病，所幸憑心處事未曾轉化。
寧可隱沒以終天年，怎能做輕率變節的行為。

料知遵循前賢不能遂願，內心堅定不改此度。
車已翻覆馬已顛仆，獨自堅持這條異路。

勒住騏驥更換車駕，令造父為我御車。
進退反覆且勿前行，聊借天日等待時機。
指望開向嶓塚山隅，約好黃昏之時作為佳期。

開春時節一歲之首，日出東山光耀悠悠。
欲乘良機縱情愉樂，沿著江夏之水排遣憂愁。

採集了澤藪的芳芷，攬舉著長洲的宿莽。
只惜不及與古人同世，能與誰同賞芳草？

解下薅薄和雜花，準備以後交相戴佩。
滿身的花草繽紛繚繞，枯萎凋零的隨時拋棄。

姑且徘徊安慰憂傷之心，靜觀南國人民的舞態。
私下暢快樂在心中，揚棄初志不欲等待。
香花與野草混雜一體，美花露出惡草之外。

芳香播撒沁人心脾，中心盈滿往外發揚。
內質外情真俱不受損，居處偏僻聲名顯彰。

令薜荔作為媒理，又怕其舉足俱受損。
令芙蓉作為媒理，又怕其淌水將足沾濕。

登高而望我心不悅，返歸而思我難久住。
我的形體不服水土，滿心猶豫狐疑不決。

廣泛回思從前的志向，到死不願改變初衷。
命中處幽身體疲弊，願及未暮及時娛心。
形只影單踉蹌南行，只想將先賢彭咸遵從。

抽　思

　　本篇當為屈原被流放漢北一帶時，感歎秋風頓起，長夜漫漫，因而表達其憂傷怨憤的心情。抽，清理頭緒。思，哀怨的情思。

◤原詩

　　心鬱鬱之憂思兮，獨永歎乎增傷。
　　思蹇產之不釋兮[01]，曼遭夜之方長。

　　悲秋風之動容兮，何回極之浮浮[02]！
　　數惟蓀之多怒兮[03]，傷余心之憂憂。

　　願遙起而橫奔兮[04]，覽民尤以自鎮[05]。
　　結微情以陳詞兮，矯以遺夫美人[06]。

　　昔君與我成言兮，曰「黃昏以為期」。
　　羌中道而回畔兮[07]，反既有此他志。

　　憍吾以其美好兮[08]，覽余以其修姱。
　　與余言而不信兮，蓋為余而造怒[09]？

願承閒而自察兮⑩，心震悼而不敢。
悲夷猶而冀進兮，心怛傷之憺憺⑪。

茲歷情以陳辭兮，蓀佯聾而不聞。
固切人之不媚兮⑫，眾果以我為患。

初吾所陳之耿著兮，豈至今其庸亡⑬？
何獨樂斯之謇謇兮⑭，願蓀美之可完。

望三五以為像兮⑮，指彭咸以為儀⑯。
夫何極而不至兮⑰，故遠聞而難虧。

善不由外來兮，名不可以虛作。
孰無施而有報兮，孰不實而有獲？

少歌曰⑱：與美人抽思兮，並日夜而無正⑲。
吾以其美好兮，敖朕辭而不聽⑳。

倡曰㉑：有鳥自南兮，來集漢北㉒。
好姱佳麗兮，牉獨處此異域㉓。
既惸獨而不群兮㉔，又無良媒在其側。
道卓遠而日忘兮，願自申而不得。
望北山而流涕兮㉕，臨流水而太息。

望孟夏之短夜兮，何晦明之若歲㉖？
惟郢路之遼遠兮㉗，魂一夕而九逝！

曾不知路之曲直兮，南指月與列星。
願徑逝而未得兮，魂識路之營營。

何靈魂之信直兮，人之心不與吾心同。
理弱而媒不通兮㉘，尚不知余之從容㉙。

亂曰：長瀨湍流㉚，溯江潭兮。
狂顧南行，聊以娛心兮。

軫石崴嵬㉛，蹇吾願兮㉜。
超回志度㉝，行隱進兮㉞。

低回夷猶，宿北姑兮㉟。
煩冤瞀容㊱，實沛徂兮㊲。

愁歎苦神，靈遙思兮。
路遠處幽，又無行媒兮。

道思作頌，聊以自救兮。
憂心不遂，斯言誰告兮。

（注釋）

①蹇產：曲折的樣子。
②回極：北極星。　浮浮：指北極星運轉，比喻時間長久。
③數：屢次。　蓀：香草名。喻楚懷王。

④遙起：疾起，垂直而起。

⑤尤：罪，苦難。

⑥美人：喻楚懷王。

⑦回畔：翻悔。畔，通「叛」。

⑧憍：同「驕」。　其：他。指楚懷王。

⑨蓋：通「盍」，「為何」的合音。

⑩自察：自我表白。

⑪怛（ㄉㄚˊ）：悲傷。　憺憺（ㄉㄢˋ）：通「惔惔」
（ㄊㄢˊ），火燒的樣子。在此指憂心如焚。

⑫切人：誠實而直率的人。

⑬庸：乃，就。　亡：通「忘」。

⑭謇謇（ㄐㄧㄢˇ）：忠直敢言。

⑮三五：指三王（夏禹、商湯、周文王）、五霸（春秋
時先後稱霸的齊桓公、晉文公、秦穆公、宋襄公、楚莊王）。
像：榜樣。下句中「儀」同此意。

⑯彭咸：相傳為殷代大夫，因勸諫國君的意見不被採納，
乃投水而死。

⑰極：遙遠的目的地，在此喻目標。

⑱少（ㄕㄠˋ）歌：樂章名，一作小歌。

⑲正：同「證」。

⑳敖：通「傲」。在此作動詞。　朕：我，我的。

㉑倡：同「唱」。音樂章節名。表示另起一層。

㉒漢北：漢水的北部，在今湖北北部。

㉓胖（ㄆㄢˋ）：分離。

㉔惸（ㄑㄩㄥˊ）：同「煢」，孤獨。

㉕北山：當指郢都附近的山名。

㉖晦明：天黑叫晦，天亮叫明，合稱之指一夜。

㉗郢路：前往郢都的道路。

㉘理：使者，媒人，指前面提到的良媒，比喻替屈原向楚王說情的人。

㉙從容：舉止行為。在此代指屈原急於歸去的心情。

㉚瀨：淺灘。在此指緩緩的江水，與下文的「湍流」相對。

㉛軫（ㄓㄣˇ）石：怪石。　崴嵬（ㄨㄟ　ㄨㄟˊ）：突兀不平的樣子。

㉜蹇：阻礙。

㉝超回：指返回漢北或南返故鄉的行動。

㉞行隱：前行或止步。　進：不可解，疑為「難」的誤寫。意為難於作出回鄉或留在漢北的決斷。

㉟北姑：地名。當在漢北。

㊱瞀（ㄇㄠˋ）：心緒煩亂。

㊲沛徂（ㄘㄨˊ）：顛沛流離。

詩意

我的心憂思鬱悶，獨自長歎倍增悲傷。

愁緒纏繞難以解脫，遭逢秋夜漫漫悠長。

秋風勁吹悲歎景色蕭瑟，北極星也在搖搖浮蕩。

反覆憶及君王善於動怒，使我內心憂愁痛傷。

願扶搖直起狂奔而去，遍覽民瘼卻又自鎮自忍。

理清了細微之情用以陳詞，高舉著獻給心中的美人。

君王與我曾經講定，相見的佳期約在黃昏。
不料您中途背棄前約，返程中已經產生貳心。

將您的姣好向我誇耀，將您的修美向我展陳。
與我相約卻無誠信，為何對我大怒衝衝？

願乘機表白反省之情，內心驚恐又不敢直言。
悲情猶豫希望進諫，心中的創傷好似火炭。

歷數此情謹慎陳詞，君王竟然充耳不聞。
正直之人怎願獻媚，眾讒人說我是禍根。

起初的陳述耿直無私，難道您已忘卻我的真情？
為何我獨好忠直不變，只願您的美德光輝無前。

望三王五霸是您的榜樣，寧願彭咸作我的樣板。
什麼目的不能達到？美名遠播讒毀豈能虧損？

善性不是生後養成，名譽不可矯揉造作。
誰不施捨即有回報？誰不耕耘即有收穫？

短歌：向美人屢陳愁思啊，晝夜之間無人作證。
他自恃美貌向我示驕，我的真言敖然不聽。

唱道：一隻鳥兒來自南方，飛棲在漢北的樹上。
鳥兒多麼美好啊，可憐離群獨處在他鄉。
形單影隻孤傲不群，又無良媒在他身旁。
歸路遙遠漸被遺忘，心願申訴卻又難言。
遙望北山拋灑熱淚，身臨流水歎息連連。

孟夏已近夜兒短暫，為何晝夜轉換就似過年？
回鄉之路多麼遼遠，魂魄一夜逝去九遍。

靈魂不知歸路曲折，依照南天的星月指路行進。
只想徑直而去卻未如願，夜半識路多麼艱辛。

靈魂是多麼的信直啊，別人的心意與我不同。
媒理拙弱不善通問，君王難知我的情形。

尾聲：經歷緩流和急湍，逆江潭之水前進。
往南而行頻頻回首，聊以寬慰枯竭之心。

怪石崢嶸又高大，阻礙我回家的願望。
反覆考慮進退之策，回歸滯留頗費思量。

猶豫徘徊躊躇難決，暫住在北姑這個地方。
眉頭緊感心緒煩亂，實在因為道阻且長。

愁悶長歎苦苦勞神，靈魂遙遙想念故鄉。
歸路漫漫深處幽僻，又無良媒為我遠行。

一路哀思而作此詩，聊以自釋困苦之心。

此心終不順遂如願，牢騷言語告誰聽聞？

懷　沙

題解

　　此篇為屈原自投汨羅江前的絕命詩。懷沙，即懷抱沙石自
沉水中。一說「沙」指長沙，是屈原在流放途中懷念長沙之辭，
與《哀郢》相近。

▌原詩

滔滔孟夏兮，草木莽莽。

傷懷永哀兮，汩徂南土①。

眴兮杳杳②，孔靜幽默③。

鬱結紆軫兮④，離慜而長鞠⑤。

撫情效志兮⑥，冤屈而自抑。

刓方以為圜兮⑦，常度未替⑧。

易初本迪兮⑨，君子所鄙。

章畫志墨兮⑩，前圖未改。

內厚質正兮，大人所晟⑪。
巧倕不斫兮⑫，孰察其揆正⑬？

玄文處幽兮⑭，矇瞍謂之不章⑮。
離婁微睇兮⑯，瞽以為無明⑰。

變白以為黑兮，倒上以為下。
鳳皇在笯兮⑱，雞鶩翔舞⑲。

同糅玉石兮，一概而相量。
夫惟黨人之鄙固兮，羌不知吾所臧⑳。

任重載盛兮，陷滯而不濟。
懷瑾握瑜兮，窮不知所示。

邑犬群吠兮，吠所怪也。
非俊疑傑兮，固庸態也。

文質疏內兮，眾不知余之異采。
材樸委積兮㉑，莫知余之所有。

重仁襲義兮㉒，謹厚以為豐。
重華不可牾兮㉓，孰知余之從容。

古固有不並兮㉔，豈知其何故。
湯禹久遠兮，邈不可慕也。

懲違改忿兮㉕，抑心而自強。
離湣而不遷兮㉖，願志之有象。

進路北次兮㉗，日昧昧其將暮。
舒憂娛哀兮㉘，限之以大故㉙。

亂曰：浩浩沅湘，分流汩兮。
修路幽蔽，道遠忽兮。

懷質抱情，獨無匹兮。
伯樂既沒，驥焉程兮㉚？

民生稟命，各有所錯兮㉛。
定心廣志，余何畏懼兮！

曾傷爰哀㉜，永歎喟兮。
世溷濁莫吾知，人心不可謂兮。

知死不可讓㉝，願勿愛兮㉞。
明告君子，吾將以為類兮㉟。

注釋

　　①汩：船行貌。　徂（ㄘㄨˊ）：往。在此指溯湘水而上。
南土：指湘沅流域的南楚之地。

　　②眴（ㄒㄩㄢˋ）：目移動遠視的樣子。

　　③孔：很。　默：無聲。

　　④紆軫(ㄩ　ㄓㄣˇ)：指內心委屈沉痛。

　　⑤離湣(ㄇㄧˇㄣˇ)：遭受創痛。　鞠：窮。指途窮末路。

　　⑥撫情效志：指追思並考察以往的情志，看是否有過失，
是自省。效，核對之意。

　　⑦圜：同「圓」。

　　⑧替：廢弛。

　　⑨本迪：本，常也。迪，道也。

　　⑩章畫：使所畫的明確。　志墨：不忘繩墨。

　　⑪晟（ㄕㄥˋ）：同「盛」。光明熾盛的樣子。

　　⑫驁：上古的巧匠之名。

　　⑬揆（ㄎㄨㄟˊ）正：經度量而後使端正。

　　⑭玄文：墨色的紋理。

　　⑮矇瞍：盲人。　章：同「彰」，明亮。

　　⑯離婁：相傳為古代眼睛明亮之人。

　　⑰瞽：盲人。

　　⑱笯（ㄋㄨˊ）：鳥籠。

　　⑲鶩（ㄨˋ）：鴨子。

　　⑳臧（ㄗㄤ）：善。

　　㉑材樸：未經雕斫的木材。

　　㉒襲：重視。

　　㉓重華：指帝舜。　牾（ㄨˇ）：同「迓」(ㄧㄚˋ)，相逢。

㉔不並：指一時不出兩位聖賢。

㉕懲違改忿：強改過錯。

㉖潣（ㄇㄧㄣˇ）：憂患。

㉗北次：住在往北行進的客棧。次，住。

㉘娛哀：使哀痛得到緩解。

㉙限之以大故：因生命大限的緣故。大限即生命的終止。

㉚焉：哪裡。　程：計量前程。

㉛錯：同「措」，置，指人的命運的安排。

㉜曾：增加。

㉝讓：辭讓，避開。

㉞愛：愛惜。指惜命。

㉟類：法。即以上言為法，投水明志。

詩意

　　初夏季節水滔滔，湘水兩岸草木長。
　　胸懷感傷仰天歎，小舟逆行向南方。

　　遙遙遠視何蒼蒼，萬籟俱寂心傍徨。
　　憂傷鬱結實難忘，遭受創痛末路旁。
　　回思情志及理想，雖感冤屈又何妨？

　　變方為圓，志向堅定。
　　改弦更張，君子鄙夷。
　　遵守繩墨，不易前志。

內心淳厚本質方正，聖賢大德如陽之盛。
巧倕靈通不曾運斧，怎知他合乎端正？

墨紋深處在幽暗，朦瞍卻說它不明。
離婁睜眼微視，有人說他沒有眼睛。

白色硬說成黑，高處顛倒成低。
鳳凰困在籠裡，雞鴨既舞又飛。

玉石雜糅在一起，一概等同不加區辨。
只因黨人們的鄙陋，哪知我本質為善。

責任重而負載多，船行陷滯難以為濟。
懷抱瑾手握瑜，窮途末路獻給誰？

村犬群起吠叫，那是少見多怪。
謗議俊才和雄傑，固是庸人之態。

外表文靜內質通達，俗人豈知我的異稟。
材積豐富不被任用，誰也不知我的本領。

重視仁義的修養，以謙謹淳厚為豐足。
重華遙遙不可逆尋，誰可察知我的內心。

古聖賢不並世而生，哪裡知道其中原因。
商湯和夏禹也已久遠，邈遠不見真容。

接受教訓不容發怒，抑制心志發奮自強。
遭受謗傷不改志向，只想有聖賢作榜樣。

前進的路上暫且小駐，太陽黯淡天色將暮。
舒展心境排遣憂慮，人生有限何必執固。

尾聲：浩浩沅湘水，分道流汨汨。
長路已幽蔽，道遠飄忽忽。

懷質而抱情，人間獨無匹。
伯樂既已死，良馬哪可識。

人生各有命，星辰各有位。
定心而廣志，我心有何畏？

徒增悲和哀，久久長感喟。
世亂誰知我？人心不可述。

知死不可避，寧死不愛惜。
明告古君子，將引為同類。

悲回風

此篇抒發屈原政治理想無法實現，反遭陷害放逐的悲哀之情。回風：旋風。

▌原詩

悲回風之搖蕙兮，心冤結而內傷。
物有微而隕性兮，聲有隱而先倡。

夫何彭咸之造思兮[01]，暨志介而不忘？
萬變其情豈可蓋兮，孰虛偽之可長！

鳥獸鳴以號群兮，草苴比而不芳[02]。
魚葺鱗以自別兮[03]，蛟龍隱其文章。
故荼薺不同畝兮[04]，蘭茝幽而獨芳。

惟佳人之永都兮[05]，更統世以自貺[06]。
眇遠志之所及兮，憐浮雲之相羊[07]。
介眇志之所惑兮[08]，竊賦詩之所明[09]。

惟佳人之獨懷兮，折芳椒以自處。

曾歔欷之嗟嗟兮，獨隱伏而思慮。
涕泣交而淒淒兮，思不眠以至曙。
終長夜之曼曼兮，掩此哀而不去。

寤從容以周流兮，聊逍遙以自恃。
傷太息之湣憐兮⑩，氣於邑而不可止⑪。

糾思心以為纕兮⑫，編愁苦以為膺⑬。
折若木以蔽光兮⑭，隨飄風之所仍。

存彷彿而不見兮⑮，心踴躍其若湯⑯。
撫佩衽以按志兮⑰，超惘惘而遂行⑱。

歲曶曶其若頹兮⑲，時亦冉冉而將至。
薠蘅槁而節離兮⑳，芳已息而不比㉑。

憐思心之不可懲兮，證此言之不可聊㉒。
寧溘死而流亡兮，不忍此心之常愁。

孤子吟而抆淚兮㉓。放子出而不還。
孰能思而不隱兮㉔，昭彭咸之所聞㉕。

登石巒以遠望兮，路眇眇之默默。
入景響之無應兮，聞省想而不可得。

愁鬱鬱之無快兮，居戚戚而不可解。

心鞿羈而不開兮㉖，氣繚轉而自縭。

穆眇眇之無垠兮㉗，莽茫茫之無儀。
聲有隱而相感兮，物有純而不可為。

邈漫漫之不可量兮，縹綿綿之不可紆。
愁悄悄之常悲兮，翩冥冥之不可娛㉘。
凌大波而流風兮，托彭咸之所居。

上高岩之峭岸兮，處雌蜺之標巓㉙。
據青冥而攄虹兮，遂倏忽而捫天。

吸湛露之浮涼兮，漱凝霜之雰雰㉚。
依風穴以自息兮，忽傾寤以嬋媛。

馮崑崙以澄霧兮㉛，隱岷山以清江㉜。
憚湧湍之磕磕兮㉝，聽波聲之洶洶。

紛容容兮之無經兮㉞，罔芒芒之無紀。
軋洋洋之無從兮㉟，馳委移之焉止㊱？

漂翻翻其上下兮，翼遙遙其左右㊲。
氾潏潏其前後兮㊳，伴張弛之信期。

觀炎氣之相仍兮㊴，窺煙液之所積㊵。
悲霜雪之俱下兮，聽潮水之相擊。

借光景以往來兮，施黃棘之枉策㊶。
求介子之所存兮㊷，見伯夷之放跡㊸。

心調度而弗去兮，刻著志之無適㊹。
曰：吾怨往昔之所冀兮，悼來者之愁愁㊺。

浮江淮而入海兮，從子胥而自適㊻
望大河之洲渚兮，悲申徒之抗迹㊼。

驟諫君而不聽兮，任重石之何益。
心絓結而不解兮㊽，思蹇產而不釋㊾。

注釋

①造思：指彭咸投水殉志的想法。

②苴（ㄐㄩ）：枯草。

③葺鱗：重疊積累。

④荼薺（ㄊㄨˊㄐㄧˋ）：苦菜和薺菜一苦一甜，秉性相反。

⑤佳人：屈原自比。　都：美。

⑥更：歷，經歷。　統世：傳世。指歷代遺傳餘蔭。　自貺（ㄎㄨㄤˋ）：指屈原承襲祖先恩澤，從而努力修養。

⑦相羊：同「徜徉」，徘徊。在此指浮雲飄動的樣子。

⑧介：獨特。

⑨竊：私下裡。

⑩湣（ㄇㄧㄣˇ）憐：哀憐。

⑪於（ㄨ）邑：形容抽泣嗚咽之聲。

⑫糾（ㄐㄧㄡ）：編結。　纕（ㄒㄧㄤ）：佩帶。

⑬膺：胸。在此指護胸的物品。

⑭若木：神木名。傳說為太陽降落處。

⑮存：代指屈原的痛苦經歷。

⑯湯：滾開的水。

⑰按志：壓制著情緒。

⑱超：超邁。指行進的狀態。

⑲曶曶（ㄏㄨ）：迷離惝惚的樣子。

⑳蘋(ㄈㄢˊ)蘅：草名。為秋生之草，蘅為香草。比喻屈原的生命似蘅這樣的秋草，雖香而近於枯滅。

㉑比：合。

㉒聊：賴。在此指讒言不可信賴。

㉓吟（ㄧㄣˊ）：古代一種詩體的名稱

㉔隱：痛。

㉕昭：明。在此似為光大之意。　聞：在此指彭咸以死殉志而產生的影響。

㉖韁羈（ㄐㄧㄐㄧ）：馬韁繩和馬絡頭。比喻為束縛心志的繩索。

㉗穆：天地空間的廣穆。

㉘冥冥：渺遠狀。

㉙雌蜺（ㄋㄧˊ）：彩虹的副虹。

㉚雰雰（ㄈㄣ）：分散狀。

㉛馮：通「憑」。

㉜岷（ㄇㄧㄣˊ）山。

㉝磕磕：流水擊石聲。

㉞無經：與下句「無紀」表示屈原對前途已失去信心，情緒紛亂。

㉟軋：壓。在此指隨波而進，隨世而進。

㊱馳：在此與「軋」反意，指退卻。 委移：即「逶迤」。在此意為徘徊不定。

㊲翼：在此形容雙臂在急湍中伸展如翼以求平衡。

㊳氾：同「泛」，波浪。 潏潏（ㄐㄩㄝˊ）：水汨汨湧出的狀態。

㊴炎氣：南方屬火。在此指南方炎熱天氣。 相仍：連續不斷的樣子。

㊵煙液：形容炎氣上升在空中形成雲煙蒸騰的狀態。

㊶黃棘：有刺的荊條。 枉策：彎曲的鞭子。

㊷介子：介子推。春秋時晉國公子重耳（即晉文公）的忠臣。重耳逃亡列國時，介子推追隨有功。後來重耳返晉作國君，重賞隨侍之臣，介子推與其母逃避入綿山。重耳發現後追尋不得，乃放火燒山，介子推竟抱樹而死。後乃封綿山為介山。

㊸伯夷：商末孤竹君之子。周武王滅商，伯夷與其弟叔齊逃入首陽山，不食周粟而死。

㊹刻著志：指刻意追求介子推、伯夷等人寧死而不屈志的行為。

㊺來者：指屈原自己。意為願與伯夷等同。 愁愁（ㄊㄧˋ）：一作「逖逖」。憂懼的樣子。

㊻子胥：伍子胥。吳王夫差的大將，後被吳王所逼而自殺。

㊼申徒：商紂王時直臣，因進諫不納，乃抱石投河而死。

㊽絓（ㄍㄨㄚˋ）結：結曲不解的樣子。
㊾蹇產：曲折的樣子。

詩意

悲悼旋風搖落了蕙草之英，中情結冤啊令我傷心。
秋物已了損傷本性，秋聲雖小已顯出蕭瑟之聲。

彭咸殉志多麼偉大，節操高超令我難忘。
虛情萬變不可掩蓋，虛偽欺人哪能久長！

鳥獸悲號追尋種群，花香在秋風中滅跡消蹤。
魚鱗重疊排列顯示區別，蛟龍潛淵將光彩深隱。
茶薺異性不栽一畝之中，蘭芷僻處而獨自芳芬。

只有賢哲美如佳人，秉承家德厚養蘭芷之心。
心兒遠懷上古聖賢，就像愛憐安詳的浮雲。
先賢的高節令我感動，悄然賦詩將心迹表明。

只有遠古的賢人，秉持芳草孤獨而自處。
涕泗滂沱久久歎息，孤身隱伏再三思慮。
涕泣並下淒淒傷心，憂思難眠直至黎明。
漫漫秋夜似無窮盡，天亮掩哀仍不自勝。

驚醒而起從容信步，姑且逍遙自慰我心。
傷懷歎息哀憐不已，氣息哽咽難掩悲情。

將這悲情織成荷包，把愁苦編成護胸。
折一枝若木遮蔽晨光，身影在晨風中飄忽如雲。

往事彷彿再已不見，心兒卻似開水般跳動。
手持佩袿抑制悲情，邁步忽忽惆悵而行。

歲月匆匆顏狀消逝，衰年冉冉就似將臨。
蘋蘅枯槁枝節分離，芳香已息很難並生。

哀憐的愁心不可懲治，要證讒言終不可信。
寧可速死順水而流，不忍此心常懷愁情。

逐臣孤獨吟詩拭淚，放逐而出終生不還！
誰能愁身心不痛，願效彭咸以廣聽聞。

登上石巒遙遙遠望，歸路眇眇心中默默。
如在無影無響之區，難聞鄉人思念之情！

情愁鬱鬱終日不快，居處戚戚如結不解。
心思如羈難以開釋，氣息三轉纏繞而結。

宇宙廣穆浩浩無邊，天地莽莽廣大無沿。
聲音相觸尚有感應，物品純潔卻難生存。

廣遠漫漫不可衡量，縹緲綿綿不可挽結。

悄然惆悵啊令我常悲，愁思廣漠難以舒心。
登上波峰御風乘浪，寄身先賢彭咸的宮宇。
攀上高山峭絕之岸，猶如處在長虹之巔。
依據青天布展彩虹，似可隨時觸及蒼天。

吮吸清露感覺秋涼，含漱凝霜吐納紛散。
暫據鳳巢聊以休息，忽然驚醒悄然傷心。

靠著崑崙俯看澄霧，倚定岷山細察清江。
奔流急湍叩石相擊，驚聽波濤氣勢洶洶。

波濤紛紛不可經營，混然茫茫難以清醒。
汪洋恣肆無所依歸，徘徊不定何處可止？

漂流翻動上下沉浮，雙臂如翼搖搖擺動。
洄流滾滾前後相續，伴隨潮汐漲落之信。

仰觀炎氣熱浪頻頻，俯窺煙波疊疊層層。
波濤如霜轟然俱下，悚聽潮水砰砰作聲。

借光景東西往來，黃棘作鞭見證古今。
追求介子的綿山遺跡，曾見伯夷首陽的遺存。

心情翻覆不忍別去，銘心刻肺難適我心。
說：多麼怨恨往昔的希冀，悲悼未來怨情難平。

浮江淮之波直達大海，順從伍子胥而自安其心。

遙望天河之中的沙洲，悲歎申徒光明的心迹。

反覆諫君不予聽從，抱石自沉又有何益！

心思凝結不可解脫，抑抑鬱鬱終難冰釋。

◎第四篇　漁　父(無名氏)

題解

　　此辭記於《史記•屈賈列傳》等書，古人多以為屈原作，今人郭沫若等以為非屈原作，但屬戰國時楚人所作。辭中假託漁父與屈原所作對話，表達屈原寧死而不肯同汙合流的高潔品質。

▶原文

　　屈原既放，游於江潭①，行吟澤畔，顏色憔悴，形容枯槁。漁父見而問之曰：「子非三閭大夫歟②？何故至於斯？」屈原曰：「世人皆濁我獨清，眾人皆醉我獨醒，是以見放。」漁父曰：「聖人不凝滯於物，而能與世推移。舉世皆濁，何不淈其

泥而揚其波⑬？眾人皆醉，何不哺其糟而歠其醨⑭？何故深思高舉，而自令見放為⑮？」屈原曰：「吾聞之，新沐者必彈冠，新浴者必振衣，安能以身之察察⑯，受物之汶汶者乎⑰！寧赴湘流⑱，葬於魚腹中，安能以皓皓之白，蒙世俗之塵埃乎！」漁父莞爾而笑，鼓枻而去⑲，乃歌曰：「滄浪之水清兮⑩，可以濯我纓；滄浪之水濁兮，可以濯我足。」遂去，不復與言。

（注釋）

①江潭：《史記》一作「江濱」。據下文「寧赴湘流」一語，此「江潭」一詞似指洞庭湖。湘水注入其中。

②三閭大夫：楚國官名，掌管王族譜牒等事。屈原曾任此職，故世稱三閭大夫。

③淈（ㄍㄨˇ）：攪混。

④哺（ㄈㄨˇ）：食。　歠（ㄔㄨㄛˋ）：飲。　醨（ㄌㄧˊ）：淡酒。

⑤為：表示疑問的句尾語氣詞。

⑥察察：清白的樣子。

⑦汶汶：玷污。

⑧湘流：湘水，在湖南境內。在此指屈原所投之汨羅江，位於湖南省東北部，屬湘江支流。

⑨枻（ㄧˋ）：船舷。

⑩滄浪之水：古水名。漢水的支流。漁父所唱，名《滄浪歌》，又名《孺子歌》，是春秋時即已傳唱的歌曲（見《孟子·離婁上》）。

詩意

　　屈原既已被放逐，乃漫遊到江潭之邊，在大澤畔吟詠而行，面色憔悴，身體枯瘦。有漁父見他而問：「您不是三閭大夫嗎?為何落到這種田地?」屈原答道：「世人都濁我獨清，眾人都醉我獨醒，因此被放逐了。」漁父說：「聖人都不拘泥於外物，能隨世俗而變。世人都混濁了，您何不攪其泥沙而揚其波瀾?眾人都喝醉了，您何不吃其酒糟再飲其酒?為什麼獨自深思清高，自己被放逐呢?」屈原答道：「我聽說過，剛洗了頭髮的人必定彈冠而戴，剛洗了身體的人必定抖動衣服再穿。我怎能讓白淨之身，遭受髒物之玷污呢?寧可投入湘江之水，葬身魚腹之中，為何要讓如日月之白的情操，蒙受世俗的塵埃呢?」漁父聽罷，微微一笑，敲打著船舷而去。於是歌唱道：「滄浪之水清啊，可以洗我的帽纓；滄浪之水濁啊，可以洗我的雙腳。」漸漸遠去，不再與屈原對話。

◎第五篇 天　問(屈原)

題解

　　《天問》為屈原被流放後在漢北之時所作，約當於楚懷王二十五年前後（西元前三〇四年）。傳說是屈原彷徨山澤，來到丹陽一帶，見到楚先王廟及公卿祠堂，仰觀壁上所畫天地山川及古代聖賢豪傑等，於是引發疑問，遂寫出《天問》這篇不朽的名詩。全篇三百七十餘句，一千五百餘字，以詩歌形式提出一百七十多個問題，涉及天文、地理、神話傳說、歷史故事等內容，包含了眾多的上古歷史知識，同時展現出屈原對前人陳說的大膽疑問，可稱為上古時代的史詩，也是屈原構思瑰麗的長篇詩歌傑作。

▶原詩

　　曰：遂古之初[01]，誰傳道之？

　　上下未形，何由考之？

　　冥昭瞢暗[02]，誰能極之[03]？

　　馮翼惟象[04]，何以識之？

　　明明暗暗，惟時何為[05]？

陰陽三合⑥，何本何化？

(注釋)

①遂古：遠古。遂，通「邃」。

②瞢（ㄇㄥˊ）：模糊。

③極：終極。指追根究底。

④馮（ㄆㄧㄥˊ）翼：大氣盛滿的狀態。象：無形之貌。

⑤時：同「是」。這樣。

⑥三合：參合。三，同「參」。

詩意

請問：上古初期的情況，是誰傳給了後代？

天地未曾形成，憑什麼考察出來？

明暗模糊不清，誰能追根究底？

大氣混沌瀰漫，憑什麼得以認識？

晝夜終於分明，這樣究竟何為？

陰陽交錯相合，哪是本源，何為延續？

▶原詩

圜則九重①，孰營度之②？

惟茲何功③，孰初作之？

斡維焉繫⑭？天極焉加⑮？
八柱何當⑯？東南何虧⑰？

九天之際⑱，安放安屬⑲？
隅隈多有⑳，誰知其數？

注釋

①圜則九重：九重天是圓的。圜，同「圓」。
②營度：經營度量。
③何功：何等樣的偉大功績。
④斡（ㄨㄛ、）維：樞紐和繩索。
⑤天極：天的頂端和邊緣。
⑥八柱：古代傳說天有八柱。　何當：何在，在何處。
⑦東南何虧：指東南方向為何低下？
⑧九天之際：指天的中央和八方。
⑨屬：連。
⑩隅隈：角落和彎曲處。

詩意

圓天有九重之深，是誰設計經營？
想來如此偉功，是誰最初作成？

天的樞紐和繩索繫在哪裡？天的頂端和邊緣加在何處？
八柱怎樣安裝？東南為何低下？

九天的邊際和中央，又是如何放置如何連屬？

大地多有角落彎曲，什麼人知道其數？

▌原詩

天何所沓[01]？十二焉分[02]？

日月安屬？列星安陳？

出自湯谷[03]，次於蒙汜[04]；

自明及晦[05]，所行幾里？

夜光何德[06]，死則又育？

厥利維何[07]，而顧菟在腹[08]？

注釋

①沓（ㄊㄚ丶）：會合。指天的蓋與地結合。

②十二：十二辰。這裡指黃道周天的十二等分。

③湯（一ㄤˊ）谷：即暘谷。神話中太陽洗浴並升起的地方。

④次：住。　蒙汜（ㄙ丶）：蒙水之濱。蒙水傳說為太陽止息之處。

⑤晦：夜晚。

⑥夜光：指月亮。

⑦厥：其，那，指月亮。

⑧顧：照顧，在此引申為蓄養。菟：同「兔」。指傳說中的月中之兔。

詩意

天地在何處相會？十二辰怎樣等分？
日月怎樣掛在天空？眾星如何排列安陳？

太陽早晨出自暘谷，晚上止息在蒙水之濱。
從天亮運行到天黑，太陽行走了多少里程？

月光有何德能，每月都能死而復生？
它為了什麼利益，又養了玉兔在其腹中？

◤**原詩**

女歧無合①，夫焉取九子？
伯強何處②？惠氣安在③？

何闔而晦？何開而明？
角宿未旦④，曜靈安藏⑤？

注釋

①女歧：女神名。傳說她無夫，卻生有九子。
②伯強：又名「禺強」，風神。
③惠氣：祥和之氣。
④角宿：二十八宿之一，屬東方星座，代指東方。
⑤曜（一ㄠˋ）靈：太陽。

詩意

女歧沒有丈夫，從哪裡得到九子？
伯強身在何處？祥和之氣從哪裡吹拂？

什麼門合而天暗？什麼門開而天明？
角宿尚未明亮，太陽在何處藏身？

原詩

不任汩鴻⁰¹，師何以尚之⁰²？
僉曰「何憂」⁰³，何不課而行之⁰⁴？

鴟龜曳銜⁰⁵，鯀何聽焉？
順欲成功，帝何刑焉⁰⁶？

永遏在羽山⁰⁷，夫何三年不施⁰⁸？
伯禹腹鯀⁰⁹，夫何以變化？

注釋

①不任：不能勝任。　　汩（ㄍㄨˇ）鴻：治理洪水。鴻，通「洪」，大水。
②師：大眾。　尚之：推舉他。之，指禹之父鯀。
③僉：眾，都。
④課：試。
⑤鴟（ㄔ）龜曳銜：指鴟鳥啄銜，烏龜曳尾而行。
⑥刑焉：指舜帝對鯀施以刑罰。

⑦遏：禁閉。　　羽山：神話中傳說的山名。

⑧施：釋放。

⑨伯禹：即大禹。他擔任國君前曾被封為夏伯。　　腹鯀：指禹懷在鯀的腹中。相傳鯀被殺死在羽山，屍體三年不腐，後來有人切開其腹，乃得禹。

詩意

鯀無力治止洪水，眾人為何推舉他上任？
大家都說無憂，為何不試行而任用？

鴟和龜運走土石，鯀為何聽任它們？
順應欲望將要成功，舜為何要對鯀施刑？

長期被拘禁在羽山，為何多年不被釋放？
鯀的腹中孕育伯禹，這是怎樣變化而成？

原詩

纂就前緒⁰¹，遂成考功⁰²。
何續初繼業，而厥謀不同⁰³？

洪泉極深，何以填之？
地方九則⁰⁴，何以墳之⁰⁵？

應龍何畫⁰⁶？河海何歷⁰⁷？
鯀何所營？禹何所成？

康回馮怒⑧，地何故以東南傾？

注釋

①纂就：繼續，承續。　　緒：餘緒。在此指鯀未竟的事業。

②考：對亡父的尊稱。在此指鯀。

③厥：其。在此指禹。

④地方九則：據《尚書·禹貢》記載，禹治水後將全國的土地分為九等，按不同的標準收取賦稅。則，標準。

⑤墳：區分。

⑥應龍：神話中有翼的龍。傳說大禹治水時，應龍以尾畫地，禹按其所畫的痕跡導水入海。

⑦歷：經行。在此指洪水順河流入大海的線路。

⑧康回：即共工氏。據《淮南子·天文訓》載，共工與顓頊（ㄓㄨㄢ　ㄒㄩˋ）爭帝位，怒而撞不周山，導致天柱折、地維（繩索）絕（斷），導致天傾西北，地不滿東南，洪水因而多往東南方流動。

詩意

大禹繼承先父治水，終於成就他的工程，
為何父子前後相承，他們的謀略卻不同？

洪水之源深不可測，禹何以把它填平？
九州方圓畫為九等，禹何以將它平分？

應龍如何助禹分水？河海究竟怎樣相通？
伯鯀有過怎樣的經營？大禹憑什麼取得成功？

共工怒撞不周山，大地何故東南傾？

▌原詩

九州安錯[01]？川谷何洿[02]？
東流不溢[03]，孰知其故？

東西南北，其修孰多[04]？
南北順橢[05]，其衍幾何[06]？

崑崙懸圃[07]，其尻安在[08]？
增城九重[09]，其高幾里？

四方之門，其誰從焉[10]？
西北闢啟[11]，何氣通焉？

注釋

①錯：同「措」，設置。

②洿（ㄨ）：挖掘。

③東流不溢：據《列子》記載，渤海東有大壑名歸墟，百川東流，注入歸墟，永不滿溢。

④修：長。在此指長度。

⑤南北順橢：指地面順著南北形成橢圓狀。

⑥衍：衍生，擴大。在此指地面橢圓形狀的廣大程度。

⑦崑崙：神話傳說為西方天帝和眾神所居的山。詳見《淮南子‧地形訓》。　懸圃：神話中地名，在崑崙山中層，意為「空中花園」。

⑧「尻」（丂幺），尾部（俗話叫屁股）。在此應為「居所」之意。

⑨增城：即「層城」，傳說在崑崙山最上層。

⑩其誰從焉：一作「誰其從焉」。意為增城的門是些什麼人從其中進出。焉，指示代詞，那裡，代指門。

⑪闢啟：開啟，敞開。

詩意

九州怎樣設置？河溪怎樣開通？
東流到海不滿不溢，誰知其中原因？

地面的東西南北，究竟哪邊更長？
南北形似橢圓，究竟延伸多長？

西極崑崙有仙境懸圃，它的尾部又在何處？
懸圃之上有增城九重，它的高度又有幾哩？

崑崙山上四方之門，有誰從此出出進進？
它的西北門是開啟的，其中有何氣流相通？

▮原詩

日安不到①？燭龍何照②？
羲和之未揚③，若華何光④？

何所冬暖？何所夏寒？
焉有石林？何獸能言？

焉有虯龍⑤？負熊以遊？
雄虺九首⑥，儵忽焉在⑦？

何所不死⑧？長人何守⑨？

注釋

①安：疑問代詞，哪裡。

②燭龍：據《山海經•大荒北經》載，燭龍乃是人面蛇身，身長千里，目發巨光，西北有太陽照不到的地方，它的目光竟將那裡照亮了。

③羲和：傳説為給太陽駕車的神。揚，指揚鞭啟程。

④若華：傳説為一種神樹，生長在日落之處，每當太陽落在若木樹上，若木花就發出光芒照亮大地。

⑤虯（くーㄡˊ）龍：神話中指一種無角的龍。

⑥虺（ㄏㄨㄟˇ）：傳説為有九個頭的大毒蛇。

⑦儵忽：極快的樣子。

⑧不死：指人長生不死。《山海經•海外南經》載：「不死民在其（指交脛國）東，其人為黑色，壽不死。」

⑨長人：傳説夏禹的諸侯防風氏身高三丈，負責守衛封嵎。

詩意

日光哪裡照射不到？燭龍如何把那裡照亮？
羲和尚未揚鞭啟程，若木花如何會放光？

什麼地方冬天溫暖？什麼地方夏日涼爽？
哪裡石樹連成林？何處野獸把話講？

哪裡有無角的虯龍？背負著黑熊游四方？
雄虺竟然有九頭，在何處倏忽來往？

何處使人長生不老？
何處由巨人防風氏把守？

原詩

靡萍九衢①，枲華安居②？
靈蛇吞象③，厥大何如？

黑水玄趾④，三危安在⑤？
延年不死，壽何所止？

鯪魚何所⑥？鬿堆焉處⑦？
羿焉彃日⑧？烏焉解羽⑨？

注釋

①靡萍：蔓延的浮萍。　　九衢：一説為靡萍分為許多枝杈，一説為九條大道交會之處。據下句「安居」（在哪裡生長）判斷，似應為後意。

②枲（ㄒㄧˇ）：一種麻。

③靈蛇吞象：據《山海經•海內南經》載：「巴蛇食象，三歲而出其骨。」

④黑水：神話傳說中河流，源自崑崙山，其水可令人長壽不死。　　玄趾：染黑腳趾。

⑤三危：傳説中山名，在黑水之南。人食三危山之露，可長生不老。

⑥鯪魚：神話中魚名，人首而魚身，生長在西海之中。

⑦魕（ㄐㄧˊ）堆：即魕雀。據《山海經•東山經》載：「北號之山……有鳥焉，其狀如雞而白首，鼠足而虎爪，其名曰魕雀，亦食人。」

⑧羿：神話傳說中的英雄，他曾射落天上十日中的九個，解除大旱之災。見《淮南子•本訓經》。　　彈（ㄅㄧˋ）：射。

⑨烏：指神話傳說中太陽裡的三足烏。解羽：羽毛脱落，在此代指鳥亡。

詩意

浮萍生長在九衢之地，麻之花又紮根在何處？
一條巴蛇生吞了大象，蛇的身體該有多大？

神秘的黑水染了腳趾，三危山的仙霞又在哪裡？

仙露可使人延年不死，人壽活到何時為止？

人面魚身的鯪魚在哪裡？白首虎爪的魃雀在何處？
后羿在哪裡射下九日？三足烏在哪裡脫落毛羽？

▲原詩

禹之力獻功⁰¹，降省下土四方⁰²；
焉得彼塗山女⁰³，而通之於台桑⁰⁴？

閔妃匹合⁰⁵，厥身是繼⁰⁶；
胡維嗜不同味⁰⁷，而快朝飽⁰⁸？

注釋

①獻功：指大禹投身治水事業。功，事。

②省（ㄒㄧㄥˇ）：察看。

③塗山女：塗山國之女。傳說禹娶了塗山氏之女。

④通：男女私通。　台桑：指桑樹林中的空地。

⑤閔：愛憐，一說為憂傷。　妃：配偶。　匹合：婚配。

⑥厥身是繼：「繼厥身」的倒裝句。此句意為大禹與塗山氏私下交合，是為了後繼有人。

⑦胡：為什麼。　維：語氣助詞。

⑧快朝飽：滿足一朝一夕的快樂。據《呂氏春秋》：「禹娶塗山氏女，不以私害公，自辛至甲四日，復往治水。」

詩意

大禹投身治水事業，深入民間視察災情。
他從哪裡得到塗山氏之女，二人交合於桑田之中？

彼此愛憐匹配結合，也是為了後繼有人，
為何嗜好不同的味道，卻都願貪圖一時的放縱？

原詩

啟代益作後[01]，卒然離孽[02]。
何啟惟憂[03]，而能拘是達[04]？

皆歸射鞠[05]，而無害厥躬[06]。
何後益作革[07]，而禹播降[08]？

啟棘賓商[09]，《九辯》、《九歌》。
何勤子屠母[10]，而死分竟地[11]？

注釋

①啟：禹的長子。　　益：禹的賢臣。　　後：國君。據傳說，禹臨終前傳位給益，啟殺益奪得王位，建立夏朝。

②卒然：突然。　　離孽：遭受災難。據《史記·夏本紀》載，啟即位後，有扈氏不服，啟興兵討伐，大戰於甘。離，通「罹」，遭到。孽：應指有扈氏的叛亂。

③惟憂：遭受憂患。傳說益繼承帝位後，啟曾被益拘禁。後來，啟的黨徒殺益立啟。《戰國策·燕策》：「啟與支黨攻益

而奪之天下。」

④拘：指啟被益拘禁。　　是：結構助詞。　　達：通。
指啟被解救出來。

⑤皆歸射鞠（ㄐㄩˊ）：指益的軍隊繳械投降。射，弓
箭。鞠，箭囊。

⑥厥躬：指啟的身體。厥，那。

⑦作革：變革。指後益被啟代替。

⑧播降：播下種子。在此象徵啟的後代繁盛。

⑨棘賓：陳列。商：五音之一，代指音樂。此句指啟在
宮中演奏樂曲。一說，「棘」為「屢次」之意，「商」應為
「帝」，指天帝。「賓」為「嬪」。指啟屢次將美女獻給天帝，
從而得到天上的樂曲《九辯》、《九歌》（見《山海經‧大荒西
經》）。

⑩勤子屠母：傳說塗山氏身懷啟，到嵩山下化為石。禹追
來大喊：「還我子!」於是石破北方而生啟。又據《太平御覽》
卷八十二引《帝王世紀》：塗山氏生啟時難產，裂開了胸才生出
禹。此即所謂「屠母」，概啟生而其母即死。勤子，賢子，指
啟。

⑪死分竟地：指塗山氏死後化成石頭分散遍地。　　竟：
委棄。

詩意

啟取代益作了國君，突然遭到有扈氏反叛。

為何啟遭受憂患，卻能從拘禁中逃脫？

益的軍隊歸順投降，不能損害啟的秋毫。
為何益的後位轉變？為何禹的後代繁盛？

啟陳列了宮中之樂，上演了《九辯》和《九歌》。
為何啟生而母死？化成石頭委棄遍地？

原詩

帝降夷羿⁰¹，革孽夏民⁰²。
胡射夫河伯⁰³，而妻彼雒嬪⁰⁴？

馮珧利決⁰⁵，封豨是射⁰⁶。
何獻蒸肉之膏⁰⁷，而後帝不若⁰⁸？

浞娶純狐⁰⁹，眩妻爰謀¹⁰。
何羿之射革¹¹，而交吞揆之¹²？

注釋

①帝：天帝。　　夷羿：傳說為夏代有窮國國君。有窮國屬東夷族，故稱羿為夷羿。

②革孽夏民：「革夏民孽」的倒裝句，即解除夏民的災難。

③河伯：黃河之神。傳說他化為白龍游於水邊，被后羿射瞎左眼。

④妻：在此用作動詞，指娶雒嬪為妻。雒嬪：即宓（ㄈㄨˊ）妃，洛水之神。相傳是河伯之妻。

⑤馮（ㄆㄧㄥˊ）：挾、拉。　　珧（一ㄠˊ）：飾有貝殼的弓。　利：用，在此指套上弓的扳指。　　決：同「玦」，套在大拇指上鉤弦發箭的扳指，多用玉石、骨角等製成。

⑥封豨（ㄒ一）：大野豬。封，大。　是：結構助詞，起提前名詞的作用。

⑦獻：指向天帝進獻。　　蒸肉：祭祀用的肉。　　膏：肥肉。

⑧不若：不以為然，不喜歡。

⑨浞（ㄓㄨㄛˊ）：羿的相寒浞。　　純狐：純狐氏之女，羿的妃，她與寒浞合謀，殺死了羿，成為寒浞的妻子。

⑩眩妻爰謀：指寒浞利用純狐迷惑羿，並謀害他。爰，於是。

⑪羿之射革：指羿以善射聞名，可射穿七層牛皮。

⑫吞：吞滅。　　揆（ㄎㄨㄟˊ）：算計。

詩意

天帝將后羿降在人間，為的是革除夏民的災難。
為何羿射了河伯，為何娶了他的妻子宓妃？

拉滿弓弦套上扳指，后羿又射殺了大豬。
為何他獻上肥美的豬肉，上帝卻不以為然？

寒浞娶了純狐為妻，二人合謀殺死后羿。
為何后羿可射穿七層牛皮，卻被二人合謀殺死？

▶原詩

阻窮西征[01]，岩何越焉？
化為黃熊[02]，巫何活焉[03]？

咸播秬黍[04]，莆雚是營[05]。
何由並投[06]，而鯀疾修盈[07]？

注釋

①阻窮西征：指鯀在被放逐到羽山的路上歷經艱險。按：羽山在東方，鯀被放逐，應為東征。故「西征」一詞如不誤，應解作從西而征。

②化為黃熊：傳說鯀在羽山死去，其屍體化為黃熊。

③巫何活：巫師如何使他復活。活，在此為使動用法。

焉：疑問句句尾語氣詞。

④咸播秬（ㄐㄩˋ）黍：指禹制服洪水，使土地都種上了黑黍，成為良田。

⑤莆雚：蒲草和蘆葦類植物。莆，同「蒲」；雚（ㄏㄨㄢˊ），同「萑」，蘆葦類植物。

⑥並投：指鯀和他的妻子修己一併被放逐到羽山。

⑦鯀疾修盈：指鯀病得厲害，而修己卻身體豐盈。

詩意

鯀歷盡險阻從西而行，如何翻越崇山峻嶺？
他的魂化成黃熊，神巫如何使其復活？

淤地裡都種上黑黍，就把蒲草蘆茅之地經營。

舜帝將他們一併放逐，為何鯀病瘦而修己豐盈？

▉原詩

白蜺嬰茀^①，胡為此堂^②？

安得夫良藥，不能固臧^③？

天式從橫^④，陽離爰死^⑤。

大鳥何鳴^⑥，夫焉喪厥體^⑦？

注釋

①蜺（ㄋㄧˊ）：虹的一種。　　嬰：纏繞。　　茀：曲
折繚繞的雲。此句似與《列仙傳》所述傳說一致：崔文子向王子
喬學仙，王子喬化成為白茀，給崔文子送藥，崔文子驚怪，以戈
擊中白蜺，仙藥落地，地上還有王子喬的屍首。

②堂：似指楚國公卿的祠堂。此句寫王子喬送藥的故事為
何畫在祠堂的壁上。

③臧：同「藏」。

④天式從橫：意為上天的法式即是陰陽互相消失。從，同
「縱」。

⑤陽離爰死：意為陽氣離開軀體，人就死亡。

⑥大鳥何鳴：指王子喬之屍，為何化為大鳥而鳴。

⑦焉：怎麼，為什麼。　　厥：那。指王子喬。

詩意

　　白虹身上纏繞著彩虹，為何崔王的故事畫在堂中？
　　哪裡得到這些良藥，卻又不能牢牢藏穩？

　　自然規律天下一般，陽氣離去就不保命。
　　屍化的大鳥為何鳴叫？怎會喪失原來軀身？

▍原詩

　　萍號起雨[01]，何以興之？
　　撰體脅鹿[02]，何以膺之[03]？

　　鼇戴山抃[04]，何以安之？
　　釋舟陵行[05]，何以遷之？

注釋

　　①萍（ㄆㄧㄥˊ）：萍翳，動物名，人稱雨師。
　　②撰體脅鹿：指風神飛廉身體具有鹿那樣合脅的特點。撰，具有。脅，身體兩側有脅骨的部分。
　　③膺：回應。　之：指雨師興雨。
　　④鼇：海中大龜。　戴：頂起。　抃（ㄅㄧㄢˋ）：拍手。在此指四肢舞動。據《列子·湯問》：東海中有岱輿、員嶠、方壺、瀛洲、蓬萊五座仙山，常隨波浮動。天帝乃命十五隻巨龜舉首頂著這五座山，方使其屹立不動。
　　⑤陵行：在陸地上行走。據《列子·湯問》記載：龍伯國有巨人，來到五座神山那裡，一次釣走六隻大龜，把它們背回，

燒灼其骨。

詩意

雨師荓翳呼號不止，不知憑什麼作雨與雲？
風神飛廉具有鹿身，它又如何回應？

巨龜頂著神山舞動，天帝憑什麼使其安穩？
釣鼇客棄舟陸行，他憑什麼將巨龜搬運？

原詩

惟澆在戶①，何求於嫂？
何少康逐犬②，而顛隕厥首③？

女歧縫裳④，而館同爰止⑤。
何顛易厥首⑥，而親以逢殆⑦？

注釋

　①惟：發語詞。　　澆：寒浞之子。相傳他力大而殘忍，
曾到其嫂住的地方，和她淫亂。
　②少康：夏代的中興君主。　　逐犬：打獵時放犬追蹤獵
物。相傳少康在打獵時放出獵犬，襲殺澆，恢復了夏朝。
　③顛隕：墜下。　　厥首：指澆的人頭。
　④女歧：澆的嫂子。
　⑤館同：同館。　　止：息。指二人同居。

⑥易：換。這裡指少康派人要砍澆的頭，卻錯砍了女歧的頭。

⑦親：親身。指澆。　　逢殃：遭殃。

詩意

澆來到嫂子的門口，對她提出什麼要求？
為何少康放出獵狗，從而咬下澆的人頭？

女歧替澆縫製衣裳，二人因此同睡一床。
少康為何錯割澆首，澆因縱欲遭禍逢殃？

▶原詩

湯謀易旅⑴，何以厚之⑵？
覆舟斟尋⑶，何道取之⑷？

桀伐蒙山⑸，何所得焉？
妹嬉何肆，湯何殛焉⑹？

舜閔在家⑺，父何以鰥？
堯不姚告⑻，二女何親？

注釋

①湯：商湯，商朝的建立者。一說「湯」乃「澆」之誤，據下文判斷，應是。　　易旅：變易夏的軍旅使其從己。

②厚：厚待。

③覆舟：指澆伐斟尋國，大戰於濰，覆其舟，滅之。見
《竹書紀年》。　　斟尋：夏的諸侯國。據《左傳•哀西元年》
載：夏君主相失國，依附斟尋、斟灌諸國，澆用兵並滅之。隨
後，夏相子少康在有娀國的幫助下，重新召集斟尋、斟灌之眾，
滅澆而復夏。

④道：方法。

⑤桀伐蒙山：夏的末代君主桀攻伐蒙山國，得二美女妹
嬉，便不顧朝政，商乘機滅夏。

⑥殛：誅罰。據《列女傳•夏桀末喜傳》載：湯滅夏後，桀
與末喜（即妹嬉）都被流放到南巢，死在那裡。

⑦舜閔在家：傳說帝舜三十歲時尚孤獨憂愁，不得成家。
閔，憂愁；在家，指未成家。

⑧堯不姚告：指帝堯把兩個女兒娥皇、女英許給舜，但沒
有告給舜的家長。姚，帝舜的姓。

詩意

澆圖謀改變夏眾，用何種方法厚待他們？
他在水戰中滅亡斟尋，不知用何法取勝？

夏桀把蒙山攻破，得到了什麼美人？
妹嬉如何放蕩，湯怎麼將她滅亡？

舜接近壯年尚未娶妻，其父為何不讓他成家？
堯不告知舜的雙親，否則二女怎會與他成婚？

▌原詩

厥萌在初^①，何所億焉^②？
璜台十成^③，誰所極焉^④？

登立為帝^⑤，孰道尚之^⑥？
女媧有體^⑦，孰製匠之^⑧？

注釋

①厥萌：指事物的萌芽。厥，其。指示代詞。

②億：通「臆」。揣測。這兩句實指殷紂的賢臣箕子預見到紂的覆亡。據《韓非子・喻老》等書載：箕子看到紂使用象牙筷時，便推斷到他會出現飲玉杯、吃豹胎、穿錦衣、住高臺廣室的現象。

③璜台十成：指紂造了十層高的璜台（玉台）。成，層。

④極：極致。指極深的腐敗程度。

⑤登立為帝：指伏羲稱帝。據漢王逸注此句云：「伏羲始畫八卦，修行道德，萬民登以為帝。」則此處的「登立」有使動意義。一説此句指女媧稱帝。

⑥道尚：導引和尊奉。道，導引。

⑦體：形體。傳説女媧用泥土創造了人。

⑧製匠：製造。

詩意

事物流露出端倪，誰能預測其未來？

紂王築起十層玉台，誰能預知他的滅亡？

伏羲被擁立稱帝，是誰擁護他登基？
女媧自己的形體，又是誰來創造？

原詩

舜服厥弟[01]，終然為害[02]。
何肆犬體[03]，而厥身不危敗[04]？

吳獲迄古[05]，南嶽是止[06]；
孰期夫斯，得兩男子[07]？

注釋

①服：順服。指舜屈從其父母的壓力，對其刁鑽的弟弟（名象）事事順從。

②害：謀害。指舜的雙親和其弟弟一再謀害他。

③肆：放。　犬體：指象的心術如狗一樣兇狠。

④厥身不危敗：指舜一再被危害，卻沒有被害死。

⑤吳：上古時代南方諸侯國名。　迄：至於，及，到。古：指古公亶父的後人。周的祖先，周文王的祖父。這句指吳的祖先來自古公亶父。

⑥南嶽是止：指吳的土地疆域建立在南方的山脈之中。是，助詞。止，居留。在此指立國。

⑦「孰期夫斯」二句：古公亶父的兩個兒子太伯和仲雍為

了讓位給其弟季歷，主動避到南方，不料吳地百姓因此得到兩位
賢君。見《史記•吳太伯世家》。　　孰期：不料。　　斯：這
樣。指太伯和仲雍避位的舉動。

詩意

舜一味順從其弟，最終導致被迫害。
象多麼像凶犬啊，為什麼舜不致危敗？

吳人的祖先上及古公亶父，他們的國家就在南方的山中。
誰料到太伯和仲雍的賢舉，使其得到兩位偉大的國君？

▶原詩

緣鵠飾玉[01]，后帝是饗[02]。
何承謀夏桀，終以滅喪？

帝乃降觀[03]，下逢伊摯[04]。
何條放致罰[05]，而黎服大說[06]？

注釋

①緣：裝飾。　　鵠（ㄍㄨˇ）：天鵝。　　飾玉：飾了玉
的鼎。
②后帝：指商湯。　　饗：享用。據《史記•殷本紀》載：
伊尹以善於烹調被湯任用為相，輔助湯滅夏。
③降觀：指湯下到民間體察民情。

④伊摯：即伊尹。

⑤條：地名，即鳴條。一說在山西運城安邑鎮北，一說在河南封丘東。湯在鳴條滅夏後，將桀放逐到南巢。

⑥黎服：當作黎民。　　說：通「悅」。

詩意

供食之鼎雕鵠飾玉，伊尹將佳餚獻給商湯。
他如何受命謀算夏桀，終於導致夏朝覆亡？

商湯出朝體察民情，他在民間相逢伊尹。
如何從鳴條放逐夏桀，黎民百姓都聽了歡欣？

▲原詩

簡狄在台⑴，嚳何宜⑵？
玄鳥致貽⑶，女何喜⑷？

注釋

①簡狄：有娀之女，帝嚳（ㄎㄨˋ）之妃。簡狄生契（ㄒㄧㄝˋ），是商的始祖。　　台：傳說為有娀氏為簡狄和其妹妹修築的九層高臺。

②宜：求偶。

③玄鳥致貽：傳說簡狄洗浴，有燕子飛過，遺卵在旁，簡狄吞而懷孕，遂生契。貽，送。

④喜：懷孕的別稱。

詩意

簡狄和妹妹住在瑤台，帝嚳怎樣向她求偶？

燕子將蛋贈送給她，簡狄吞了為何懷孕？

▶原詩

該秉季德[01]，厥父是臧[02]；

胡終弊於有扈[03]，牧夫牛羊？

干協時舞[04]，何以懷之[05]？

平脇曼膚[06]，何以肥之[07]？

注釋

　①該：即亥，殷人遠祖，契的六世孫。　　秉：承。
季：即冥，亥的父親，曾做過司空。

　②臧：善良。

　③弊：害。在此指亥被有扈氏殺害。　　有扈：應作有
易，古國名。據《山海經‧大荒東經》等書記載，亥寄居有易，
因淫亂被有易國君主殺害，並奪其牧牛。屈原此二句對亥被殺的
原因提出質疑。

　④干：盾牌。　　協：和諧。　　時：是。結構動詞。
　舞：舞蹈。此句說，亥持盾作優美的舞蹈，引誘有易氏的女
子。另一說為：舜時，有苗氏叛亂，舜征之不服，乃罷兵修文
德，使人執干羽舞於兩階。十七天後，有苗氏歸順。從上下文
看，當以前說為是。

　⑤懷：情春。在此指懷戀，引誘。

⑥平脅曼膚：胸部豐滿，皮膚光澤。在此形容有易氏之
女。

⑦肥：通「妃」，匹配。

詩意

亥繼秉承冥的德行，像父親一樣善良。
為何最終死在有扈氏，在那裡放牛牧羊？

他在有易執盾而舞，為什麼引誘那裡的女子？
那女人長得豐乳嫩膚，怎麼成為亥的佳配？

▲原詩

有扈牧豎⑴，云何而逢⑵？
擊床先出⑶，其命何從⑷？

恒秉季德⑸，焉得夫樸牛⑹？
何往營班祿⑺，不但還來⑻？

注釋

①牧豎：牧人。豎，豎子，對年輕男子的稱呼。
②逢：遇到。指牧人見到亥與有扈氏女通姦。
③擊床先出：指擊殺亥時，他已逃出去了。
④其命何從：指亥的命運依靠什麼保障。
⑤恒：亥的弟弟。

⑥焉：怎樣。　　樸牛：大牛。

⑦營：求。　　班祿：君主頒佈的爵祿。班，在此為頒佈的意思。此句指恒假意在有扈氏鑽營，想找回亥的牛羊。

⑧但：疑為「得」。

詩意

有扈氏放牧的小子，怎樣遇到他們私通？
打擊在床亥已逃出，他的命如何保存？

恒也秉承了父德，他如何得到亥的大牛？
為何他前往追求爵祿，不曾再得回首？

▶原詩

昏微遵跡[01]，有狄不寧[02]；
何繁鳥萃棘[03]，負子肆情？

眩弟並淫[04]，危害厥兄。
何變化以作詐，而後嗣逢長[05]？

注釋

①昏微：亥之子上甲微。據《山海經•大荒東經》，上甲微借了河伯的軍隊攻伐有易，滅之，殺其君綿臣。遵跡：指上甲微的繼承祖德。

②有狄：有易。

③繁鳥萃棘：眾鳥棲在荊棘上，是不該做的事。比喻上甲微晚年瞞著兒子媳婦放縱情欲。

④眩弟：指上甲微的弟弟也昏亂。　　並淫：指上甲微與他的嫂子私通。因此下句説「危害厥兄」。

⑤逢長：興旺。指上甲微弟弟雖失德，但他的後代卻興旺。

詩意

上甲微遵循父祖的蹤跡，致使有狄氏不得安寧。
鳥為何棲在荊棘上？上甲微為何背著子媳縱情？

他的弟弟一同淫亂，以致危害了他的長兄。
為何狡詐多端，其後代卻能得到繁盛？

▍原詩

成湯東巡①，有莘爰極②。
何乞彼小臣③，而吉妃是得④？

水濱之木，得彼小子⑤；
夫何惡之，媵有莘之婦⑥？

湯出重泉⑦，夫何罪尤？
不勝心伐帝⑧，夫誰使挑之？

注釋

①成湯：即商湯。

②有莘：古國名。　　爰：助詞，才。　　極：盡。在此意為「止」。本句指湯東巡到有莘才停止。

③小臣：指伊尹。

④吉妃：好妃子。有莘氏之女。傳說湯本來是求得伊尹，但有莘氏不給，於是求娶其女，有莘氏就把伊尹當作陪嫁的奴隸送給商湯。　　是：結構助詞。

⑤「水濱之木」二句：據《呂氏春秋・本味》載：伊尹之母住在伊水邊上，懷孕時夢見神告訴她，如發現石臼出水，就迅速離開，不要回頭看。伊尹的母親沒照神的話做，大水沖來後，整個村莊被淹沒，她也變成空桑。後來有莘人從空桑中得到了伊尹。水濱，指伊水之濱。木，伊尹之母化成的空桑。小子，指伊尹。

⑥媵（一ㄥˋ）：陪嫁。

⑦重泉：地名。據《史記・夏本紀》載：夏桀囚湯於夏台。重泉當即夏台所在地。

⑧不勝心伐帝：指湯的部下不能忍受桀的暴戾，推舉他起兵伐之。勝，忍受。在此為禁止、控制之意。

詩意

商湯往東巡視，到有莘國停止。
為何求得伊尹，卻得到有莘氏之女？

傳說從水濱的空木裡，有莘氏得到了伊尹。

對他有何厭惡，作為陪嫁送給商湯？

湯走出被囚的重泉，他犯了什麼罪過？
不能忍耐討伐國王，那是受了誰的挑唆？

▋原詩

會朝爭盟⁰¹，何踐吾期⁰²？
蒼鳥群飛⁰³，孰使萃之？

列擊紂躬⁰⁴，叔旦不嘉⁰⁵。
何親揆發⁰⁶，定周之命以咨嗟？

注釋

①會朝爭盟：傳說周武王於二月甲子日在盟津會齊八百諸
侯，在殷都附近的牧野打敗殷商的軍隊。朝，指甲子日，也可解
作清晨。盟，盟津，即今河南孟津市。也可解作會盟。

②踐：履行。　　吾期：指周武王與諸侯約定的會盟日
期。

③蒼鳥：傳說當時有成群的蒼鷹在戰場上飛翔。一說蒼鳥
乃比喻會盟的軍隊猶如蒼鷹一般勇猛搏擊。

④列擊紂躬：據《史記‧周本紀》載：紂死後，武王以劍
擊其屍體，用黃鉞斬其頭顱，懸掛在大旗上。列，分解。一作
「到」，同「倒」，指武王倒過戈來擊紂的屍首。

⑤叔旦不嘉：指武王的弟弟周公旦不嘉許武王的這種做

法。

　　⑥揆（ㄎㄨㄟˊ）發：度量並發動。指周公參與籌謀討伐紂王。

詩意

　　八百諸侯一朝會齊盟津，他們何以爭相前來赴約？
　　將士如蒼鷹勇猛搏擊，是誰使其力量聚集？

　　武王憤而打擊紂的屍首，周公看了並不同意，
　　為何他參與討紂大計，奠定周朝基業反而歎息？

▌原詩

　　授殷天下①，其位安施②？
　　及成乃亡③，其罪伊何④？

　　爭遣伐器⑤，何以行之⑥？
　　並驅擊翼⑦，何以將之？

注釋

　　①授殷天下：指上帝將天下授給殷商。
　　②位：王位。　　施：給予。「施」一作「德」。指殷商有何德政而得到王位。
　　③及：等到。　　乃：竟然。
　　④伊何：是什麼。伊，這，是。

⑤爭遣伐器：指諸侯爭相派軍隊討伐紂。伐器，指軍隊。
⑥何以行之：如何使諸侯齊心行動。
⑦擊翼：指諸侯的軍隊打擊殷軍的兩翼。

詩意

上帝將天下授予殷，是他們施行了什麼德政？
及其成功又要滅亡，他的罪過又是什麼？

諸侯爭相率軍伐紂，是誰使其一齊行動？
諸侯齊驅夾擊兩翼，是誰統帥指揮他們？

▲原詩

昭後成游⑴，南土爰底⑵；
厥利惟何⑶，逢彼白雉⑷？

穆王巧挴⑸，夫何為周流⑹？
環理天下⑺，夫何索求？

妖夫拽衒，何號於市？
周幽誰誅？焉得夫褒姒⑻？

注釋

①昭後：指周昭王，周朝第四代君主。　　游：大規模出
巡。　　成：通「盛」。

②南土：南方，指楚國。　　底：到。助詞。

③厥利惟何：周昭王出巡的目的何在？

④逢：迎。　　白雉：白色的野雞。相傳周公攝政時，南方越裳國送來白雉。此句暗示周昭王南巡，恐怕是貪圖別國的利益。

⑤穆王：周穆王。周代第五代君主。　　巧：精於。挴（ㄇㄟˇ）：貪求。

⑥周流：周遊。

⑦環理：環行，周遊。理，通「履」，行。

⑧「妖夫拽衒」四句：據《史記・周本紀》載：周厲王（周幽王祖父）時，一位宮女碰到龍沫所化的玄黿（ㄩㄢˊ）而懷孕，至宣王（周幽王之父）時生一女，懼而棄之。當時就有童謠曰：「山桑的木弓，箕木的箭袋，亡周的禍害。」所以，宣王聽到一對夫婦叫賣桑木弓和箕木箭袋，就企圖殺掉他們。二人在逃到褒國的路上，撿到那個被棄的女孩，長大後就叫褒姒。後來，幽王討伐褒國，得到褒姒，迷戀其美色，不理朝政，正當犬戎入侵，周朝暫時滅亡。妖夫拽衒，就是指上述夫婦拿著弓和箭袋在街上走。

詩意

周昭王盛裝南巡，直達南方的楚國而止。

其中原因為了什麼？難道為迎取越裳國的白雉？

周穆王巧於貪利，為何將天下周遊？

環行了東西南北，他將什麼寶物索求？

有妖人在街上叫賣，他們在市上兜售什麼？

周幽王是誰誅殺的？他又從哪裡得到褒姒？

▲原詩

天命反側①，何罰何佑？

齊桓九會②，卒然身殺③？

注釋

①反側：反覆無常。

②齊桓九會：指春秋五霸之首齊桓公任用管仲為相，曾經九次召集諸侯會盟，發號施令。

③卒然身殺：指齊桓公在晚年信任奸臣易牙、豎刁、堂巫、開方，造成內亂，最終被困在宮中餓死。

詩意

天命真是反覆無常，憑何保佑憑何懲罰？

齊桓公九次會盟諸侯，為何竟被奸臣謀殺？

▲原詩

彼王紂之躬，孰使亂惑？

何惡輔弼①，讒諂是服②？

比干何逆③，而抑沈之④？

雷開何順⑤，而賜封之？

何聖人之一德⑥，卒其異方⑦？
梅伯受醢⑧，箕子佯狂⑨。

注釋

①輔弼：輔佐。

②讒諂：指進讒言的奸臣。　　服：任用。

③比干：紂王的叔父。因為極力向紂王進諫，被剖腹剜心。

④抑沈：壓制。

⑤雷開：紂王的佞臣。

⑥聖人：指紂王的賢臣梅伯、箕子等。　　一德：品德相同。

⑦異方：不同的方法和途徑。

⑧梅伯：紂王的諸侯。因進忠言被紂王殺死。　　醢（ㄏㄞˇ）：剁成肉醬的刑法。

⑨箕子：紂王的叔父。他向紂王進諫而不被採納，就假裝瘋病，做別人的奴隸。

詩意

紂王那個暴君啊，是誰使他惑亂？
為何厭惡賢臣，反而將奸臣喜歡？

比干對他有何違逆，竟遭到剖腹剜心？

雷開對他如何阿諛，竟受到豐厚賜封？

為何聖人德行相似，最終結局卻大不相同？
梅伯進諫被剁成肉醬，箕子避禍佯狂裝瘋。

▌原詩

稷維元子①，帝何竺之②？
投之於冰上，鳥何燠之③？

何馮弓挾矢④，殊能將之⑤？
既驚帝切激⑥，何逢長之⑦？

注釋

①稷：后稷。　　維：是。　　元子：長子。神話傳說，帝嚳之妃姜嫄因踩著巨人腳印而懷孕。孩子出生後以為不祥，將他棄在小巷，則有牛羊餵養他；把他丟棄在森林，則有伐木人救了他；把他棄在寒冰上，則有大鳥翼護他。於是家人又收養他，取名叫棄。後人說他就是周的始祖。

②帝：帝嚳。　　竺：通「惡」，厭惡。

③燠（ㄠˋ）：溫暖。

④馮弓：拉滿弓。馮，通「憑」，滿。　　挾矢：拿著箭。

⑤將之：指善於統帥軍隊。

⑥驚帝：指後稷屬異常懷孕而生，使其父帝嚳驚嚇不已。切激：激烈。

⑦逢長：指稷的後代昌盛而長久。

詩意

后稷乃是帝嚳的長子，其父為何憎惡他？
將他棄在寒冰之上，鳥為何以翼將其護持？

他為何會拉弓射箭，天生就會統帥軍隊？
既然使帝嚳驚駭，為何他的後人昌盛不衰？

▶原詩

伯昌號衰⑴，秉鞭作牧⑵。
何令徹彼岐社⑶，命有殷國⑷？

遷藏就岐⑸，何能依？
殷有惑婦⑹，何所譏⑺？

受賜茲醢，西伯上告⑻。
何親就上帝罰，殷之命以不救？

師望在肆，昌何識？
鼓刀揚聲，後何喜？

注釋

①伯昌：西伯昌，即周文王。　　號衰：在殷商衰微之際

發號施令。

　　②秉鞭作牧：指周文王作了眾諸侯的領袖。鞭，比喻權柄。牧，指管理百姓的地方長官。

　　③徹：撤。　　岐社：指周在岐山故地建的祭祀土地的神。周朝建立後，周武王令撤去舊廟，另建太社。

　　④命有殷國：命運之中代替殷商。

　　⑤藏：庫藏，財產。　　就：到。周的祖先古公亶父為避免與戎狄部族侵擾，就攜家人財產遷居岐山，原居地（今陝西彬縣）的百姓隨他遷居。

　　⑥惑婦：指紂王的寵妃妲己。

　　⑦譏：進諫。

　　⑧「受賜茲醢」二句：紂王受把用梅伯製的肉醬賜給西伯，西伯因此向天控告。

詩意

　　西伯昌在衰世號令，統率諸侯掌握權柄。
　　是誰使其拆去岐社，佔有殷商秉承天命？

　　古公亶父遷居岐山，眾百姓為何要跟從？
　　殷紂身邊豢養蕩婦，眾忠臣又如何諫進？

　　西伯昌接受梅伯的肉湯，他上告天帝控訴罪行。
　　紂王因此受天帝懲罰，殷商從此難延命運。

　　姜太公在屠市之時，西伯昌何以識其才能？

姜太公鼓刀而歌時，西伯昌何以大喜？

▬原詩

武發殺殷[01]，何所悒[02]？
載屍集戰[03]，何所急？

伯林雉經[04]，維其何故？
何感天抑地[05]，夫誰畏懼？

皇天集命[06]，惟何戒之[07]？
受禮天下[08]，又使至代之[09]？

注釋

①武發：周武王姬發。　　殷：指殷紂王。
②悒（一ヽ）：憤恨。
③屍集戰：《史記•周本紀》載，周文王死後，武王用車載著文王的靈牌（屍）與殷會戰，表示秉承文王遺志，討伐殷紂王。
④伯林雉經：對此句歷來有多種說法。從上下詩意連貫的意思判斷，此句當指紂王死在商朝鹿台附近的柏樹林。此句與上句「武發殺殷」相呼應。伯林，當為「柏林」之誤。　　雉經，縊死。
⑤感天抑地：感天動地。指武王「載屍集戰」之事感動天地。
⑥集命：降賜天命給某姓。讓其統治天下。

⑦戒：警戒。
⑧受禮天下：受命治理天下。禮，通「理」，治理。
⑨至：至於。

詩意

武王討殺紂王，為何那樣義憤？
載著文王的靈牌會戰，為何那樣心急如焚？

紂王在柏林中自殺，那是什麼原因？
伐紂多麼感動天地啊，那麼有何畏懼擔心？

皇天既然賜天命給殷，該對殷有何戒警？
既然殷受命治理天下，為何又讓位給周人？

原詩

初湯臣摯⑴，後茲承輔⑵；
何卒官湯⑶，尊食宗緒⑷？

勳闔夢生⑸，少離散亡⑹；
何壯武厲⑺，能流厥嚴⑻？

注釋

①湯：商湯。　　摯：商湯的臣伊尹。
②後茲：此後。　　承輔：承擔起輔佐大臣的重任。

③卒：最終。　官湯：在湯那裡做官。

④尊食宗緒：死後被尊敬地供在商王朝的宗廟，配享商族後裔的祭祀。宗緒，王族的後嗣。

⑤勳闔夢生：指功勳卓著的闔廬是壽夢的孫兒。闔，春秋時吳王闔廬。春秋時霸主之一。夢，壽夢，闔廬的祖父。生，同「姓」，孫子。

⑥離：同「罹」，遭遇。　散亡：流離失散。

⑦武厲：勇武。

⑧流：流傳。　厥嚴：指吳王祖先莊嚴威武的事狀。

詩意

當初伊尹只是湯的小臣，後來竟做到商的宰相。

為何死在商的官位上，最後在宗廟裡配享？

闔廬是壽夢的後人，他在少年時離散流亡。

為何壯年時反而勇武，能夠承傳其祖先的莊嚴事狀？

原詩

彭鏗斟雉①，帝何饗？

受壽永多②，夫何久長？

注釋

①彭鏗：彭祖，名鏗。　斟雉：烹調野雞。傳說彭祖善烹調。

②受壽永多：傳説彭鏗壽命長達八百歲。

詩意

　　彭祖烹調了野雞湯，上帝為何樂於品嘗？

　　賜給他壽命八百歲，為何能活得如此久長？

▎原詩

　　中央共牧⑴，後何怒⑵？

　　蜂蛾微命⑶，力何固⑷？

注釋

　　①中央共（《ㄨㄥ）牧：指共伯和在周王朝執政。《史記‧周本紀》引《魯連子》：「共伯名和，好行仁義，諸侯賢之。周厲王無道，國人作難，王奔於彘，諸侯奉和以行天子事。」中央，指周王朝。牧，治理。在此指攝政。

　　②後：帝。在此指周厲王。據史載，周厲王死，共伯和欲篡立，恰逢大旱、火災，向太陽占卜，卦兆説厲王作祟。故周公、召公立厲王的太子為王，是為宣王。

　　③蜂蛾：泛指小昆蟲。在此比喻反抗周厲王的老百姓。

　微命：微賤的生命。

　　④固：頑強。

詩意

　　共伯和在周室執政，周厲王為何降難？

　　百姓微賤猶如蜂蛾，聚集的力量何其偉大？

▶**原詩**

驚女采薇，鹿何佑[01]？

北至回水，萃何喜[02]？

注釋

①「驚女采薇」二句：據《古史考》等載，商臣伯夷、叔齊不滿周武王伐紂，堅持不食周粟，乃隱居在首陽山，靠采薇（一種野菜）為生。有一位女子看到後說：「你們義不食周粟，這薇也是周的草啊！」二人聽了，乃絕食七天。天帝就派白鹿用乳餵養他們，但他們還是饑餓而死。

②「北至回水」二句：指伯夷、叔齊往北走到首陽山山曲環繞的流水邊，二人相聚，因而高興。

詩意

二聖驚異女子的話而絕食，上帝派遣白鹿餵養他們。

當初他們北行至首陽山曲回水，兄弟死在一起有何高興？

▶**原詩**

兄有噬犬[01]，弟何欲[02]？

易之以百兩[03]，卒無祿[04]？

注釋

①兄：指春秋時秦景公。　　噬（ㄕˋ）犬：善於咬人的猛狗。

②弟：指秦景公的弟弟。

③易：換。　　兩：通「輛」。

④卒：終於，最終。　　無祿：失掉爵祿。據漢代王逸注說：想以百兩金（當作百輛車）交換秦景公的猛犬，景公不答應。後來逃到晉國，喪失爵祿。

詩意

秦景公擁有猛犬，他的弟弟為何想要佔據？
當初願出百輛車交換，為何最終丟了爵祿？

原詩

薄暮雷電[01]，歸何憂[02]？
厥嚴不奉[03]，帝何求？

注釋

①薄暮：傍晚。

②歸何憂：漢代王逸《楚辭章句》注：「屈原書壁所問略迄，日暮欲去，時天大雨雷電，思念復至，自解曰歸何憂乎？」就是說回去又有何憂愁呢？

③厥嚴不奉：指楚國君的威嚴不能保持。奉，尊奉，保持。

詩意

黃昏時電閃雷鳴，離開宗廟有何愁情？

楚君不再保持威嚴，祈求上帝還有何用？

▶原詩

　　伏匿穴處^①，爰何云^②？

　　荊勳作師^③，夫何長^④？

　　悟過改更，我又何言？

注釋

　　①伏匿：隱藏。　　穴處：住在山洞裡。

　　②爰：這樣，或對此。　　云：說。

　　③荊勳作師：指楚王好功名，興師作戰，反而多次戰敗受辱。荊，楚國的別名。勳，功勳。作師，興兵。

　　④何長：指楚的國運還有多長呢？

詩意

　　我伏匿隱居在山洞，對國事有何可言？

　　楚國好名興兵作戰，怎能延長它的命運？

　　假如悔悟過錯更弦改張，我又有何言論？

▶原詩

　　吳光爭國，久余是勝^①。

　　何環穿自閭社丘陵，爰出子文^②？

　　吾告堵敖以不長^③，

何試上自予^④，忠名彌彰^⑤？

（注釋）

①「吳光爭國」二句：指吳國公子光（即闔廬）與我們楚國戰爭，為何總是取勝？是，結構助詞，起提前賓語作用。

②「何環穿」二句：一本作：「何環閭穿社，以及丘陵，是淫是蕩，出子文？」這二句的基本意思是：子文的父親鬥伯比環繞穿越閭社丘陵，和女私通，行為淫蕩，怎能生出有才幹的子女？閭社，古代二十五家為閭，也叫社。爰，乃，竟。子文，楚成王的賢相。

③堵敖：楚成王兄，在位五年，被成王篡弒。

④試上自予：指楚成王弒君而篡位弒。試，應為「弒」，臣殺君、子殺父曰弒。

⑤忠名彌彰：指成王雖殺了自己的親兄而篡位，但他的忠直之名反而更加顯著。彌，更加。據《史記·楚世家》，楚成王殺兄自立，乃向周天子進獻禮物，得到天子的禮遇。

（詩意）

吳國公子光與我國戰爭，長久以來總是吳國取勝。
鬥伯比穿街繞巷行為放蕩，為何竟生出子文這樣的賢相？

我說堵敖的君位不長，
為何他的弟弟弒兄自立，反而忠直之名更加昭彰？

◎第六篇 九　辯(宋玉)

題解

　　宋玉，生卒年不明。戰國時楚國人，曾事楚頃襄王。《史記•屈原賈生列傳》說他和唐勒、景差「皆好辭而以賦見稱，然皆祖屈原之從容辭令，終莫敢直諫」，故後人多認為宋玉是屈原的弟子。他的作品流傳至今的只有《九辯》一篇可信。其他諸如《招魂》、《風賦》、《高唐賦》、《登徒子好色賦》等皆傳為宋玉之作，但爭議甚多。雖然如此，宋玉以其《九辯》一篇，足可稱為楚辭作家中僅次於屈原的大家。全篇共二百五十五句，一千五百多字，後人按其意旨，分為八至十一章，而一般採用宋代朱熹《楚辭集注》的分法，斷為九章。並稱宋玉作《九辯》，是「閔（憫）其師（屈原）忠而被放逐」，詩中多因愁感興，主要是抒發作者政治上不得意的憤懣情懷。其特點是以因秋感興的方式藉以抒情，章法自由變化，語言優美。魯迅先生評《九辯》：「雖馳神逞想不如《離騷》，而淒怨之情，實為獨絕。」可為確評。

▌原詩

一

悲哉，秋之為氣也！

蕭瑟兮，草木搖落而變衰。

憭慄兮，若在遠行[01]，
登山臨水兮，送將歸。

泬寥兮，天高而氣清[02]；
寂漻兮，收潦而水清[03]。
憯淒增欷兮，薄寒之中人[04]；
愴怳懭悢兮，去故而就新[05]；
坎廩兮，貧士失職而志不平[06]；
廓落兮，羈旅而無友生[07]；
惆悵兮，而私自憐。

燕翩翩其辭歸兮，蟬寂寞而無聲。
雁廱廱而南遊兮[08]，鵾雞啁哳而悲鳴[09]。
獨申旦而不寐兮[10]，哀蟋蟀之宵征[11]。
時亹亹而過中兮[12]，蹇淹留而無成[13]。

（注釋）

①憭（ㄌㄧㄠˊ）慄：淒涼自傷的情景。

②泬寥（ㄒㄩㄝˋ　ㄌㄧㄠˊ）：空曠無雲的樣子。

③寂漻（ㄌㄧㄠˊ）：靜穆的樣子。　　收潦：夏過秋來，雨水減少，積水流入河道中。

④憯（ㄘㄢˇ）淒：悲痛的樣子。　　欷（ㄒㄧ）：涕泣的樣子。　　薄寒：接近天寒。　　中（ㄓㄨㄥˋ）：擊中。在此指冷侵襲之意。

⑤愴怳懭悢（ㄔㄨㄤˋ　ㄏㄨㄤˇ　ㄎㄨㄤˋ　ㄌㄧㄤˋ）：

失意惆悵的樣子。

⑥坎廩（ㄌㄧㄣˇ）：坎坷不平。喻遭受禍患。

⑦廓落：孤獨寂寞。　　羈旅：流落在他鄉。

⑧嚻嚻（ㄩㄥ）：鳥和諧的鳴叫聲。

⑨鶤雞：古代指一種形似鶴的雞，羽毛白黃色。　　啁（ㄓㄡ）哳：鳥鳴聲。

⑩申旦：通宵達旦。

⑪宵征：夜間行進。在此指蟋蟀在夜間鳴叫。

⑫亹亹（ㄨㄟˇ）：行進不止的樣子。

⑬蹇（ㄐㄧㄢˇ）：楚方言中的發語詞。　　淹留：久久停留。

詩意

悲淒啊，秋氣襲人秋風勁吹！
蕭瑟啊，草木盡枯黃葉飄墜。
淒切啊，你要遠行而去，
登山臨水啊，送君回歸。

寥廓啊，天高而氣爽；
靜穆啊，潦退而水清。
淒慘增泣啊，初寒襲人；
悲切失意啊，去故就新；
歷經坎坷啊，貧士去職心難平靜；
寂寞孤零啊，作客他鄉少友朋；
淒愁失意啊，暗自辛酸憐此生。

燕子翩翩已南歸，蟬兒寂寞已無聲。

大雁和鳴齊南飛，鶬雞啾啾同作悲音。

孤獨不眠到天明，可憐蟋蟀夜哀鳴。

時光匆匆已半生，久留他鄉老無成。

▲原詩

二

悲憂窮戚兮獨處廓①，有美一人兮心不繹②。

去鄉離家兮徠遠客③，超逍遙兮今焉薄④？

專思君兮不可化⑤，君不知兮可奈何？

蓄怨兮積思，心煩憺兮忘食事⑥。

願一見兮道余意，君之心兮與餘余異。

車既駕兮朅而歸⑦，不得見兮心傷悲。

倚結軨兮長太息⑧，涕潺湲兮下沾軾⑨。

慷慨絕兮不得⑩，中瞀亂兮迷惑⑪。

私自憐兮何極？心怦怦兮諒直⑫。

注釋

①戚：一作「蹙」，與「窮」相合，表迫促之意。

②有美一人：作者自喻。　繹：借作「懌」，喜悅，高興。

③徠：同「來」。

④薄：止，到。

⑤君：指楚王。

⑥憺（ㄉㄢˋ）：憂心煩亂。

⑦朅（ㄑㄧㄝˋ）：離去。指宋玉所送之人。

⑧結軨（ㄌㄧㄥˊ），關好的車欄。

⑨潺湲（ㄩㄢˊ）：淚流不止的樣子。　　軾：設在車廂前供人憑倚的橫木。倚軾而視乃是古代對人尊敬的禮節。

⑩慷(ㄎㄤ)慨：，激憤不平的樣子。

⑪瞀（ㄇㄠˋ）：昏亂迷惑的狀態。

⑫諒直：光明正直的樣子。這一節寫送別友人，引起對楚王的思念，表其不變的忠心。

詩意

悲憂窮慼處空廓，有美人啊心煩愁。
離鄉背井做謫客，遙遙漂泊無盡頭。

專意思君情不移，君不知道可奈何？
積蓄悲怨久思念，心中煩亂忘飯餐。
願您見君表我意，君王之心與我異。
車已駕好即將回，再難見您令我悲。

倚定車欄長歎息，涕淚不止下沾軾。
激憤不平難決絕，心中煩亂惑本性。
獨自哀憐無絕期？中心亮直動怦怦。

原詩

三

皇天平分四時兮，竊獨悲此凜秋[01]。
白露既下百草兮，奄離披此梧楸[02]。
去白日之昭昭兮，襲長夜之悠悠[03]。
離芳靄之方壯兮[04]，余萎約而悲愁[05]。

秋既先戒以白露兮，冬又申之以嚴霜。
收恢台之孟夏兮[06]，然欿傺而沈藏[07]。
葉菸邑而無色兮[08]，枝煩挐而交橫[09]。
顏淫溢而將罷兮[10]，柯彷彿而萎黃[11]。
萷櫹槮之可哀兮[12]，形銷鑠而瘀傷[13]。
惟其紛糅而將落兮，恨其失時而無當[14]。

攬騑轡而下節兮[15]，聊逍遙以相佯[16]。
歲忽忽而遒盡兮[17]，恐余壽之弗將[18]。
悼余生之不時兮，逢此世之俇攘[19]。
澹容與而獨倚兮，蟋蟀鳴此西堂。
心怵惕而震盪兮[20]，何所憂之多方？
卬明月而太息兮[21]，步列星而極明。

注釋

①竊：暗自。

②奄：忽然。　　離披：分散下披的樣子。

③襲：承襲，接續。

⑭靄（ㄞˇ）：植物繁盛陰濃的狀態。

⑤萎約：指植物之葉凋落乾枯。

⑥恢台：廣大繁盛的樣子。

⑦欿傺（ㄎㄢˇ ㄔˋ）：停止。在此指秋天來後，萬物逐漸凋落。　沈藏：隱藏。指萬物因寒而枯黃。

⑧菸邑：枯萎。

⑨煩挐（ㄖㄨˊ）：紛亂。

⑩淫溢：過極而衰。指植物已過繁盛期。　罷（ㄆㄧˊ）：通「疲」。在此指植物凋零。

⑪彷彿：隱約模糊的樣子。在此指植物的枝幹色澤黯然。

⑫萷（ㄕㄠ）：形容樹木花葉落盡，只剩枝幹。　欃槮（ㄒㄧㄠ ㄙㄣ）：同「蕭森」，蕭條的樣子。

⑬銷鑠（ㄕㄨㄛˋ）：金屬銷蝕。在此指植物枝幹衰敗。瘀（ㄩ）傷：身體表面血敗受傷。在此喻植物枝幹衰跡斑斑。

⑭無當：沒有遭逢好的機遇。

⑮騑轡（ㄈㄟ ㄆㄟˋ）：拉馬的韁繩。　騑，古代由四馬駕車，兩側的馬叫騑，也叫驂。　節：馬鞭。

⑯相佯：同「徜佯」，徘徊。

⑰逎（ㄑㄧㄡˊ）：迫近。

⑧將：長。

⑲佁攘：紛擾不安。

⑳怲惕：恐懼而驚覺。

㉑卬：同「仰」。這一節感歎梧桐、楸樹一類高貴的樹木，在秋寒突來時紛紛凋落，比喻自己生不逢時。因而停車住鞭，在星空下漫步消愁。

詩意

　　皇天將一年分為四季，暗自悲歎這凜凜寒秋。
　　白露下降侵襲百草，一時間凋零了梧楸。
　　明亮的太陽從西落下，繼之以長夜漫漫悠悠。
　　夏日的綠草不再繁盛，枯葉飄飄令我悲愁。

　　秋來時已用白露警示，初冬又加上冷峻的嚴霜。
　　收起孟夏的濃陰肥綠，枝枯無葉在深冬潛藏。
　　樹葉失去動人的光澤，樹幹紛紛然縱橫交錯。
　　綠色褪盡樹葉疲落，黯跡斑斑乾枯萎黃。
　　樹梢蕭森令人悲哀，樹身斑駁有似瘀傷。
　　想到梧楸紛紛飄落，哀歎它們生時不當。

　　收住韁繩停下馬鞭，聊且在此徘徊徜徉。
　　一歲匆匆已將逝去，我的壽命恐難延長。

　　悲悼此生不逢佳時，遭遇時勢紛紛攘攘。
　　淡泊從容高傲獨立，唯聞蟋蟀鳴叫西堂。
　　內心驚懼魂魄震盪，為何憂懼悲愁萬方？
　　仰望明月浩歎不息，星夜獨步極星明亮。

◢原詩

　　　　四

竊悲夫蕙華之曾敷兮①，紛旖旎乎都房②。
何曾華之無實兮③，從風雨而飛颺？
以為君獨服此蕙兮，羌無以異於眾芳。

閔奇思之不通兮④，將去君而高翔。
心閔憐之慘悽兮，願一見而有明。
重無怨而生離兮⑤，中結軫而增傷⑥。

豈不鬱陶而思君兮⑦？君之門以九重。
猛犬狺狺而迎吠兮⑧，關梁閉而不通⑨。

皇天淫溢而秋霖兮，後土何時而得漧⑩？
塊獨守此無澤兮⑪，仰浮雲而永歎⑫。

（注釋）

①敷：花開放。

②旖旎（ㄧˇ ㄋㄧˇ）：茂盛的樣子。　都房：美麗的花房。都，美麗。

③曾華：累累的花朵。曾，通「層」。

④閔：通「憫」，痛惜。

⑤重（ㄓㄨㄥˋ）：深念，念念不忘。

⑥結軫(ㄓㄣˇ)：悲情鬱結而沉痛不已。

⑦鬱陶：憂思鬱結在心。

⑧狺狺（ㄧㄣˊ）：狗叫聲。

⑨關梁：城門和入城之橋。在此喻王宮深而難入。

⑩後土：在此代指楚王所在地。　　漧：同「乾」。

⑪塊：塊然，孤獨的樣子。　　無澤：指不被秋雨淋濕之
地，喻無世俗塵雜的淨土。

⑫浮雲：比喻遮蔽君王視聽的讒佞之臣。這一節表達作者
既願回見楚王又不想涉足塵世繁雜的複雜心情。

詩意

暗自悲歎蕙花層層開放，多麼繁盛啊美麗的花房！
為何累累花朵不結果實，跟從風雨上下飛揚？
以為您獨可佩此花朵，意想不到竟無異於群芳。

痛惜奇思妙想既難獻上，有心遠離君王高高飛翔。
中情悲憫而又淒涼，願見君王一表衷腸。
深念無怨生生離別，中心鬱結倍增憂傷。

豈不深深思念君王？君王之門九重之深。
門外猛犬狂叫猖猖，門閉橋阻道路不通。

上天降雨霆霆不絕，後土何時得以重乾？
但願獨守一片淨土，浮雲蔽日令我仰歎。

原詩

五

何時俗之工巧兮，背繩墨而改錯①？
卻騏驥而不乘兮，策駑駘而取路②。

當世豈無騏驥兮，誠莫之能善御。
見執轡者非其人兮，故跼跳而遠去[03]。
鳧雁皆唼夫粱藻兮[04]，鳳愈飄翔而高舉。

圜鑿而方枘兮，吾固知其鉏鋙而難入[05]。
眾鳥皆有所登棲兮，鳳獨遑遑而無所集[06]。

願銜枚而無言兮[07]，嘗被君之渥洽[08]。
太公九十乃顯榮兮[09]，誠未遇其匹合[10]。

謂騏驥兮安歸？謂鳳凰兮安棲？
變古易俗兮世衰，今之相者兮舉肥[11]。

騏驥伏匿而不見兮，鳳凰高飛而不下。
鳥獸猶知懷德兮，何云賢士之不處[12]？

驥不驟進而求服兮[13]，鳳亦不貪餧而妄食。
君棄遠而不察兮，雖願忠其焉得？

欲寂漠而絕端兮[14]，竊不敢忘初之厚德。
獨悲秋其傷人兮，馮鬱鬱其何極[15]！

注釋

①繩墨：木工畫線用的墨斗和墨線，在此比喻規矩、法度。　錯：通「措」，在此指正常的措施。

②駑駘（ㄋㄨˊ　ㄊㄞˊ）：劣馬。在此與騏驥（良馬）相對，分別比喻庸人和賢士。

③局：跳躍。

④鳧（ㄈㄨˊ）：野雞。　唼（ㄕㄚˋ）：水鳥一類動物吞食東西。

⑤鉏鋙(ㄔㄨˊ ㄨˊ)：同「齟齬」，互不吻合。

⑥集：鳥棲止。

⑦銜枚：古代夜行軍時，軍士口銜枚（類似筷子狀的木條）以防出聲。在此指閉口不語。

⑧渥洽：浸潤。比喻恩情深厚。

⑨太公：指姜太公，即姜尚。據說他很年老時，在渭水之濱遇上周文王，從此仕途顯榮。

⑩匹合：遇合無間。比喻君臣相合。

⑪舉肥：指相馬的人專揀肥馬給主人看，比喻當權者只看表面美觀，不見實質，致使屈、宋等人被疏遠。

⑫不處：指不在朝中任職。

⑬求服：指主動要求駕車。服，駕車。

⑭絕端：斷絕思念君王的頭緒。

⑮馮：通「憑」，憤懣。　極：終極。這一節寫世道昏暗，作者被棄，欲忠君而不得，抒發生不逢時的感歎。

詩意

時俗何其善於取巧，竟然不惜改弦更張。

拋棄良馬不用駕車，驅趕劣馬慢行路上。

當世難道沒有良馬？實是沒人善於駕馭。

良馬見御者不合己意，故而跳躍奔騰遠去。
鳧雁只吞食了粱藻，鳳凰更高飛而遠舉。

圓孔裡要接納方柄，我本知不合而難以插入。
眾鳥都有高枝巢居，鳳凰卻惶惶無棲處。

本願從此閉口而不語，又想到曾受君王恩遇。
太公九十歲方才顯榮，實在是未曾遇到明主。

要說良馬歸向何處？要說鳳凰往哪裡安棲？
變古風易時俗世道衰極，當今的相馬者只識馬肥。

良馬伏處而不顯，鳳凰不下而高飛。
鳥獸都明白懷念舊德，為何說賢士不願盡忠朝裡？
良馬不願主動請求駕車，鳳凰也不因餵食而貪吃。
君王不加詳察拋棄他們，賢臣雖願效忠哪裡可得？

心想靜思斷絕思君之緒，委實不敢忘卻君王厚德。
獨悲秋天秋氣傷人，憤懣鬱結如何終極！

▍原詩

六

霜露慘悽而交下兮，心尚幸其弗濟①。
霰雪雰糅其增加兮②，乃知遭命之將至，
願徼幸而有待兮，泊莽莽與野草同死。

願自直而徑往兮，路壅絕而不通。
欲循道而平驅兮，又未知其所從。
然中路而迷惑兮，自壓按而學誦[03]。
性愚陋以褊淺兮[04]，信未達乎從容[05]。
竊美申包胥之氣盛兮[06]，恐時世之不同。

何時俗之工巧兮，滅規矩而改鑿。
獨耿介而不隨兮，願慕先聖之遺教。
處濁世而顯榮兮，非余心之所樂。
與其無義而有名兮，寧窮處而守高。

食不媮而為飽兮[07]，衣不苟而為溫。
竊慕詩人之遺風兮[08]，願托志乎素餐。
蹇充倔而無端兮[09]，泊莽莽而無垠。
無衣裘以禦冬兮，恐溘死不得見乎陽春[10]。

注釋

①濟：成功。

②雰：雪花紛飛的樣子。

③按：克制。　學誦：學著吟誦詩（即《詩經》）。

④褊淺：見識狹小。

⑤從容：指透過誦詩而克制內心的不平。

⑥申包胥之氣盛：西元前五〇六年冬，伍子胥率吳兵破楚，楚大夫申包胥逃到秦國請求救兵，他在秦庭前大哭七日七夜，滴水不進，感動秦哀公出兵，使楚昭王復國。「氣盛」即指其哭秦

庭之事。

⑦婾：同「偷」，苟且之意。

⑧詩人：指《詩‧魏風‧伐檀》的作者。其詩曰：「彼君子兮，不素餐兮。」表示對飽食終日的官吏（君子）的憎恨、輕蔑之情。

⑨充倔：沒有貼邊的短衣。在此指衣衫簡樸。

⑩溘（ㄎㄜˋ）死：突然而死。這一節寫作者受到排擠，窮處他鄉，雖願徑直向楚王訴冤，卻又擔心時勢已變；雖願自守清高，卻又擔心此冬即困頓而死。

詩意

　　霜雪交下頓生慘淒，內心僥倖尚有生機。
　　霰雪紛紛下得更急，才知今冬困頓將至。
　　滿懷希望再圖等待，與莽莽野草同生共死。

　　曾願等待向君王訴冤，可恨道路堵塞不通。
　　願循大道遠離而去，又不知從今何去何從。
　　走到半路心中迷惑，自己克制作詩吟誦。
　　本性愚陋見識狹小，確實未達自信從容。
　　暗歎申包胥勇氣可嘉，只恐時世已然不同。

　　人情世俗多麼工巧，消滅規矩改走邪道。
　　獨我耿直不肯隨俗，只願追慕先聖遺教。
　　獨處濁世身名顯赫，這本非我心中所樂。
　　與其不義而佔有名分，寧可窮處而堅守節操。

食不可苟且求飽，穿衣不可苟且求暖。
私慕詩人高尚的遺風，願一心只吃素餐。
穿衣簡樸而無緣，居處莽莽而無邊。
過冬沒有皮裘，恐怕速死而不見春天。

▲原詩

七

靚杪秋之遙夜兮①，心繚悷而有哀②。
春秋逴逴而日高兮③，然惆悵而自悲。
四時遞來而卒歲兮，陰陽不可與儷偕。

白日晼晚其將入兮④，明月銷鑠而減毀⑤。
歲忽忽而遒盡兮⑥，老冉冉而愈弛。
心搖悅而日幸兮，然怊悵而無冀⑦。
中憯惻之悽愴兮⑧，長太息而增欷。

年洋洋以日往兮，老嵺廓而無處⑨。
事亹亹而覬進兮⑩，蹇淹留而躊躇⑪。

注釋

①靚：通「靜」。　　杪（ㄇㄧㄠˇ）：末尾。
②繚悷（ㄌㄧˋ）：纏繞著悲憂之情。
③逴逴（ㄔㄨㄛˋ）：遠。在此指時間長。
④晼晚：太陽偏西。
⑤銷鑠（ㄕㄨㄛˋ）：金屬腐蝕。在此指月亮虧缺。

⑥遒（ㄑㄧㄡˊ）：迫近。

⑦怊（ㄔㄠ）悵：同「惆悵」，失意的樣子。

⑧憯（ㄘㄢˇ）惻：慘痛的樣子。

⑨嵺（ㄌㄧㄠˋ）廓：同「寥廓」，空曠的樣子。

⑩亹亹（ㄨㄟˇ）：行進不止的樣子。　覬（ㄐㄧˋ）：企圖。

⑪淹留：久留。這一節寫深秋之夜感慨年歲日高，心存希望而無路進取。

詩意

　　深秋之夜遙遙漫長，心中煩憂交雜哀傷。
　　年歲悠悠日漸增高，反覺惆悵終身淒涼。
　　四季交替一年已畢，寒暑不可相伴時光。

　　太陽偏西即將入山，明月殘缺光芒弱小。
　　歲月匆匆迫近年終，身心屢弱漸次衰老。
　　悅心搖搖希幸見君，猶豫惆悵毫無希冀。
　　內心慘惻痛極悽愴，仰天歎息長垂涕泣。

　　年歲綿綿日漸消逝，衰老孤獨無以自處。
　　萬事變化希望進取，羈留謫處心中躊躇。

▶原詩

八

何氾濫之浮雲兮⑴，猋雍蔽此明月⑵。

忠昭昭而願見兮，然霠曀而莫達㊂。

願皓日之顯行兮㊃，雲濛濛而蔽之。
竊不自料而願忠兮，或黕點而汙之㊄。

堯舜之抗行兮㊅，瞭冥冥而薄天㊆。
何險巇之嫉妒兮㊇，被以不慈之偽名㊈？

彼日月之照明兮，尚黯黮而有瑕㊉。
何況一國之事兮，亦多端而膠加⑪。

被荷裯之晏晏兮⑫，然潢洋而不可帶⑬。
既驕美而伐武兮⑭，負左右之耿介⑮。

憎慍惀之修美兮⑯，好夫人之慷慨⑰。
眾踥蹀而日進兮⑱，美超遠而逾邁⑲。
農夫輟耕而容與兮，恐田野之蕪穢。

事綿綿而多私兮，竊悼後之危敗。
世雷同而炫曜兮，何毀譽之昧昧！

今修飾而窺鏡兮，後尚可以竄藏⑳。
願寄言夫流星兮，羌倏忽而難當㉑。
卒壅蔽此浮雲兮㉒，下暗漠而無光㉓。

（注釋）

①浮雲：比喻楚王身邊陷害忠良的讒臣。

②猋（ㄅㄧㄠ）：狗飛奔狀。在此形容浮雲翻飛。

③霠曀（ㄧㄣ　ㄧˋ）：雲蔽日月而陰暗的樣子。

④皓日：在此比喻楚王。

⑤默（ㄉㄢˇ）點：玷污。

⑥抗行：高尚行為。抗，通「亢」，高尚。

⑦冥冥：高遠的樣子。在此指望得遠。　　薄：接近。

⑧險巇（ㄒㄧ）：艱險。在此引申為奸險。

⑨不慈：父親不愛子女。傳說曾有人指責堯舜不傳位給其子是不慈。

⑩黭黮（ㄢˋ　ㄊㄢˇ）：陰暗。

⑪膠加：同「交加」，錯亂紛繞的樣子。

⑫荷裯（ㄔㄡˊ）：荷衣，短衣。　　晏晏：鮮豔的樣子。

⑬潢洋：寬廣的樣子。

⑭伐武：炫耀其武功。

⑮左右：指楚王身邊的侍臣。

⑯慍惀（ㄩㄣˋ　ㄌㄨㄣˊ）：忠直而不善言詞的樣子。
　夫人：那些人。指小人奸臣之類。

⑰慷慨：在此指假意奉承。

⑱踥蹀（ㄑㄧㄝˋ　ㄉㄧㄝˊ）：小步急走。表示謹慎，在此引申為小人競相鑽營。

⑲美：比喻真正的君子。　　超遠：疏遠。

⑳竄藏：躲避危險。

㉑當：遭遇。

㉒雍蔽：遮蔽，在此指被浮雲遮蔽。

㉓暗漠：昏暗而無光。這一節表述作者與楚王之間被讒臣遮蔽，使君不得明察，臣不得進言。

詩意

蔽天的浮雲多麼紛亂，亂雲飛翻將明月遮掩。
我忠貞無瑕願見君王，烏雲漫漫難以遞傳。

但願太陽當空照耀，白雲遮蔽朦朦朧朧。
不顧安危自願效忠，讒人玷污肆意圍攻。

堯舜之行正大光明，遙遙相望直薄天雲。
如此奸險興心嫉妒，使其蒙受不慈之名。

太陽月亮光芒四射，尚有黯黯斑駁之陰。
何況一國事體甚大，頭緒多端雜亂紛紛。

身披荷衣多麼鮮豔，寬衣大袖不可束帶。
君王驕美肆意誇耀，辜負近臣耿介之概。

憎恨忠臣內心修美，卻好奸人佯作慷慨。
眾人急進爭名奪利，有德之臣疏遠超邁。
農夫停鋤逍遙自在，又恐田野雜草為害。

事理紛擾多含私意，暗自悲悼國家危敗。

世人附和紛紛炫耀，毀譽混雜不辨好壞。

修飾容貌窺鏡自照，危險來臨尚可躲藏。
情願寄言上天流星，流星倏忽我命當亡。
浮雲終於蔽滿天空，天下淡淡昏暗無光。

▊原詩

九

堯舜皆有所舉任兮[01]，故高枕而自適。
諒無怨於天下兮[02]，心焉取此怳惕？
乘騏驥之瀏瀏兮[03]，馭安用夫強策？
諒城郭之不足恃兮，雖重介之何益？

邅翼翼而無終兮[04]，忳惛惛而愁約[05]。
生天地之若過兮，功不成而無效。

願沉滯而不見兮，尚欲布名乎天下。
然潢洋而不遇兮，直怐愗以自苦[06]。
莽洋洋而無極兮，忽翱翱之焉薄？
國有驥而不知乘兮，焉皇皇而更索[07]？

寧戚謳於車下兮[08]，桓公聞而知之。
無伯樂之善相兮，今誰使乎譽之[09]？
罔流涕以聊慮兮，惟著意而得之。
紛忳忳之願忠兮[10]，妒被離而鄣之[11]。

願賜不肖之軀而別離兮，放遊志乎雲中。
乘精氣之摶摶兮⑫，鶩諸神之湛湛⑬。
驂白霓之習習兮⑭，歷群靈之豐豐⑮。

左朱雀之茇茇兮⑯，右蒼龍之躍躍⑰。
屬雷師之闐闐兮⑱，通飛廉之衙衙⑲。

前輕輬之鏘鏘兮⑳，後輜乘之從從㊵。
載雲旗之委蛇兮，扈屯騎之容容㉒。

計專專之不可化兮㉓，願遂推而為臧㉔。
賴皇天之厚德兮，還及君之無恙。

（注釋）

①舉任：選拔任用。在此指堯舉用舜，舜舉用禹。
②諒：確實。
③瀏瀏：暢行無阻的樣子。
④邅（ㄓㄢ）：轉。在此指徘徊不定。
⑤忳（ㄊㄨㄣˊ）：憂鬱苦悶。　惛惛：心情煩亂。
⑥怐愗（ㄎㄡˋㄇㄠˋ）：愚昧的樣子。
⑦皇皇：通「遑遑」，急匆匆的樣子。
⑧寧戚：春秋時衛國人。相傳他做商販時到了齊國，住在
東門外，有一夜，他外出餵牛，並唱著歌，表達懷才不遇之情。
正好齊桓公外出，聽到他的歌，就與他同車而歸，任他為卿。

⑨誉：一作「訾」（ㄗ），估量的意思。

⑩忳忳：在此為「誠摯」之意。

⑪被離：同「披離」，眾多紛亂之狀。　　鄣：遮蔽。

⑫搏搏：精氣聚集的意思。

⑬騖（ㄨ丶）：追求。　　湛湛（ㄓㄢ丶）：精誠。

⑭習習：飛動的樣子。

⑮豐豐：眾多的樣子。

⑯朱雀：星座名，為南方七星的總稱。　　茇茇（ㄅㄟ丶ㄅㄟ丶）：翩翩飛翔的樣子。

⑰蒼龍：星座名。古代對東方七星的總稱。　　躍躍（ㄑㄩˊ）：行走的樣子。

⑱闐闐（ㄊㄧㄢˊ）：本指鼓聲。在此形容雷聲。

⑲飛廉：風神。　　衙衙（ㄧㄚˊ）：列隊行進的樣子。

⑳輕輬（ㄌㄧㄤˊ）：輕便的臥車。　　鏘鏘（ㄑㄧㄤ ㄑㄧㄤ）：車鈴聲。

㉑從從：車行進的聲音。

㉒扈（ㄏㄨˋ）：隨從人員。　　容容：飛揚的樣子。

㉓計：猶言「志」。

㉔遂：終於。　　推：推廣。　　臧：善。這一節以豐富的想像表示要別離楚國，另建功業，但仍表現出依依不捨的情懷，顯示其忠君之心。

詩意

堯舜都善選賢能繼任，故得以高枕無憂。

在天下不曾危害百姓，哪裡用擔心發愁？

乘著駿馬周遊列國，駕馭良馬何必使用粗鞭？
城郭堅固未必可靠，甲厚鎧堅又有何益？

徘徊遊蕩毫無目的，憂愁苦悶窮困無極。
人生天地猶如過客，功名不成終是無益。

既願沉埋隱居不顯，又想美名天下流傳。
心事浩茫不遇明君，愚昧自苦卻是為何？

澤藪莽莽廣大無邊，鳥飛匆匆何處棲止？
國有良馬不用駕車，何用遑遑另外索取？

寧戚夜半車下謳歌，桓公聞歌用為上卿。
沒有伯樂善於相馬，雖為良馬誰又薦之？
不用流涕無聊自慮，只想專意追究而得之。
一心誠摯願效忠心，讒人嫉妒紛起阻之。

願君賜我永遠別離，放任遊蕩太空之中，
乘著日月團團精氣，追求諸神專心志誠。
駕上白霓匆匆飛動，眾神歷歷紛紛紜紜。

左有朱雀執旗飄飄，右有蒼龍奔走匆匆。
雷師相隨與雷轟轟，風神導引在前行進。

前有輕車鈴聲鏘鏘，後有重車轟轟隆隆。
車上雲旗迎風湧動，兩旁護從團聚紛紛。

忠君之志專誠不變，但願最終廣大善行。

仰賴皇天廣布厚德，保佑我王無恙安平。

◎附　錄

《楚辭》名句

△日月忽其不淹兮，春與秋其代序。惟草木之零落兮，恐美人之遲暮。

△長太息以掩涕兮，哀民生之多艱！

△鷙鳥之不群兮，自前世而固然。何方圜之能周兮，夫孰異道而相安？

△高余冠之岌岌兮，長余佩之陸離。

△民生各有所樂兮，余獨好修以為常。雖體解吾猶未變兮，豈余心之可懲！

△皇天無私阿兮，覽民德焉錯輔。夫維聖哲以茂行兮，苟得用此下土。

△夫孰非義而可用兮，孰非善而可服。

△不量鑿而正枘兮，固前修以菹醢。

△路曼曼其修遠兮，吾將上下而求索。

△世溷濁而嫉賢兮，好蔽美而稱惡。

△懷朕情而不發兮，余焉能忍而與此終古！

△及年歲之未晏兮，時亦猶其未央。恐鵜鴂之先鳴兮，使夫百草為之不芳。

△何昔日之芳草兮，今直為此蕭艾也。豈其他故兮，莫好修之害也。

△何離心之可同兮，吾將遠逝以自疏。
—以上《離騷》

△橫流涕兮潺湲，隱思君兮陫側。
—以上《湘君》

△嫋嫋兮秋風，洞庭波兮木葉下。

△沅有芷兮醴有蘭，思公子兮未敢言。
—以上《湘夫人》

△結桂枝兮延佇，羌愈思兮愁人。

△愁人兮奈何，願若今兮無虧。

—以上《大司命》

△秋蘭兮蘼蕪，羅生兮堂下；綠葉兮素華，芳菲菲兮襲予。

△秋蘭兮青青，綠葉兮紫莖；滿堂兮美人，忽獨與余兮目成。

△悲莫悲兮生別離，樂莫樂兮新相知。

△望美人兮未來，臨風怳兮浩歌。
—以上《少司命》

△長太息兮將上，心低徊兮顧懷。

△青雲衣兮白霓裳，舉長矢兮射天狼。

△操餘弧兮反淪降，援北斗兮酌桂漿。
—以上《東君》

△登崑崙兮四望，心飛揚兮浩蕩。日將暮兮悵忘歸，惟極浦兮寤懷。

△子交手兮東行，送美人兮南浦。波滔滔兮來迎，魚鄰鄰兮媵予。
—以上《河伯》

△既含睇兮又宜笑，子慕余兮善窈窕。

△怨公子兮悵忘歸，君思我兮不得閒。

△風颯颯兮木蕭蕭，思公子兮徒離憂。
　　—以上《山鬼》

△誠既勇兮又以武，終剛強兮不可凌。身既死兮神以靈，魂魄毅兮為鬼雄！
　　—以上《國殤》

△春蘭兮秋菊，長無絕兮終古！
　　—以上《禮魂》

△嗟爾幼志，有以異兮。獨立不遷，豈不可喜兮？

△蘇世獨立，橫而不流兮。

△秉德無私，參天地兮。
　　—以上《橘頌》

△九折臂而成醫兮，吾至今乃知其信然。
　　—以上《惜誦》

△余幼好此奇服兮，年既老而不衰。帶長鋏之陸離兮，冠切雲以崔嵬。

△世溷濁而莫余知兮，吾方高馳而不顧。

△吾與天地兮比壽，與日月兮齊光。

△苟余心其端直兮，雖僻遠之何傷！

△霰雪紛其無垠兮，雲霏霏而承宇。

△哀吾生之無樂兮，幽獨處乎山中。吾不能變心以從俗兮，固將愁苦而終窮。

△忠不必用兮，賢不必以。
——以上《涉江》

△心嬋媛而傷懷兮，眇不知其所蹠。順風波以從流兮，焉洋洋而為客。

△心絓結而不解兮，思蹇產而不釋。

△哀州土之平樂兮，悲江介之遺風。

△心不怡之長久兮，憂與愁其相接。

△曼余目以流觀兮，冀壹反之何時？鳥飛反故鄉兮，狐死必首丘。
——以上《哀郢》

△善不由外來兮，名不可以虛作。孰無施而有報兮，孰不實而有獲？

△望孟夏之短夜兮，何晦明之若歲？惟郢路之遼遠兮，魂一夕而九逝！
——以上《抽思》

△刓方以為圜兮，常度未替。易初本迪兮，君子所鄙。

△玄文處幽兮，矇瞍謂之不章。離婁微睇兮，瞽以為無明。

△變白以為黑兮，倒上以為下。鳳皇在笯兮，雞鶩翔舞。

△懷瑾握瑜兮，窮不知所示。

△邑犬群吠兮，吠所怪也。非俊疑傑兮，固庸態也。

△重仁襲義兮，謹厚以為豐。

△懲違改忿兮，抑心而自強。
——以上《懷沙》

△物有微而隕性兮，聲有隱而先倡。

△萬變其情豈可蓋兮，孰虛偽之可長！

△惟佳人之獨懷兮，折芳椒以自處。

△歲曶曶其若頹兮，時亦冉冉而將至。

△聲有隱而相感兮，物有純而不可為。
—以上《悲回風》

△新沐者必彈冠，新浴者必振衣。

△滄浪之水清兮，可以濯我纓；滄浪之水濁兮，可以濯我足。
—以上《漁父》

△悲哉，秋之為氣也！蕭瑟兮，草木搖落而變衰。

△驥不驟進而求服兮，鳳亦不貪餧而妄食。

△與其無義而有名兮，寧窮處而守高。

△食不媮而為飽兮，衣不苟而為溫。

△彼日月之照明兮，尚黯黮而有瑕。

△乘騏驥之瀏瀏兮，馭安用夫強策？諒城郭之不足恃兮，雖重介之何益？

△願沉滯而不見兮，尚欲布名乎天下。

《楚辭》主要版本

漢•王逸《楚辭章句》

　　中華書局1957年版。

宋•朱熹《楚辭集注》

　　人民文學出版社1953年版。

宋•朱熹《景元刊本楚辭》（線裝本，四冊）

　　江蘇人民出版社1962年版。

宋•洪興祖《楚辭補注》

　　中華書局1957年版。

清•王夫之《楚辭通釋》

　　中華書局上海編輯所1959年版。

清•蔣驥《山帶閣注楚辭》

　　中華書局上海編輯所1958年版。

今人•陳子展《楚辭直解》

今人•郭沫若《屈原賦今譯》

今人•陸侃如《楚辭選》

　　中華書局上海編輯所1962年版。

《楚辭》主要研究著作

楚辭通釋

　　清·王夫之釋，上海中華書局1959年版。

山帶閣注楚辭

　　清·蔣驥撰，古典文學出版社1958年版。

屈騷指掌

　　清·胡文英注，北京古籍出版社1979年版。

陳本禮離騷精義原稿留真（線裝本）

　　清·陳本禮撰，陶秋英、姜亮夫校，上海出版公司1955年影印出版。

屈原賦校注

　　姜亮夫校注，人民文學出版社1957年版。

屈賦定本《附屈賦釋詞）

　　劉永濟編著，上海古籍出版社1983年版。

屈原賦選

　　劉逸生主編，廣東人民出版社1984年版。

屈賦新編

　　譚介甫著，中華書局1978年版。

楚辭選

　　馬茂元選注，人民文學出版社1958年版。

楚辭解故

　　朱季海撰，中華書局上海編輯所1963年版。

楚辭書目五種

　　姜亮夫編著，中華書局上海編輯所1961年版。

楚辭通故

　　姜亮夫著，雲南人民出版社2000年版。

楚文化與楚辭

　　褚斌傑著，1991年國家八五科研課題。

離騷纂義

　　游國恩主編，金開誠補輯，中華書局1981年版。

楚辭研究論文集

　　作家出版社1957年版。

楚辭選

　　陸侃如、高亨、黃孝綽選注，古典文學出版社1957年版。

屈原賦今譯

　　郭沫若譯，人民文學出版社1953年版。

楚辭新注

　　聶石樵注，上海古籍出版社1980年版。

楚辭選注及考證

　　胡念貽選注，嶽麓書社1984年版。

屈原賦證辨

　　沈祖棻著，中華書局1960年版。

離騷解故

　　聞一多著，三聯書店1981年版。

國家圖書館出版品預行編目(CIP)資料

楚辭全書 / 屈原原著. -- 初版. -- 臺北市：
華志文化，2018.10
　　面；　　公分. -- (諸子百家大講座 ; 17)

ISBN 978-986-96357-5-2(平裝)

1.楚辭 2.注釋

832.1　　　　　　　　　107014426

日 華志文化事業有限公司

系列／諸子百家大講座 17

書名／楚辭全書

原　　著　　屈原

執行編輯　　楊雅婷

美術編輯　　簡煜哲

封面設計　　王志強

文字校對　　陳欣欣

總 編 輯　　黃志中

社　　長　　楊凱翔

出 版 者　　華志文化事業有限公司

電子信箱　　huachihbook@yahoo.com.tw

地　　址　　116 台北市文山區興隆路 4 段 96 巷 3 弄 6 號 4 樓

電　　話　　0937075060

總經銷商　　旭昇圖書有限公司

地　　址　　235 新北市中和區中山路二段三五二號二樓

電　　話　　02-22451480　　傳　真　02-22451479

郵政劃撥　　戶名：旭昇圖書有限公司（帳號：12935041）

書　　號　　D017

出版日期　　西元二○一八年十一月初版第一刷

本書為三晉出版社獨家授權繁體字版本

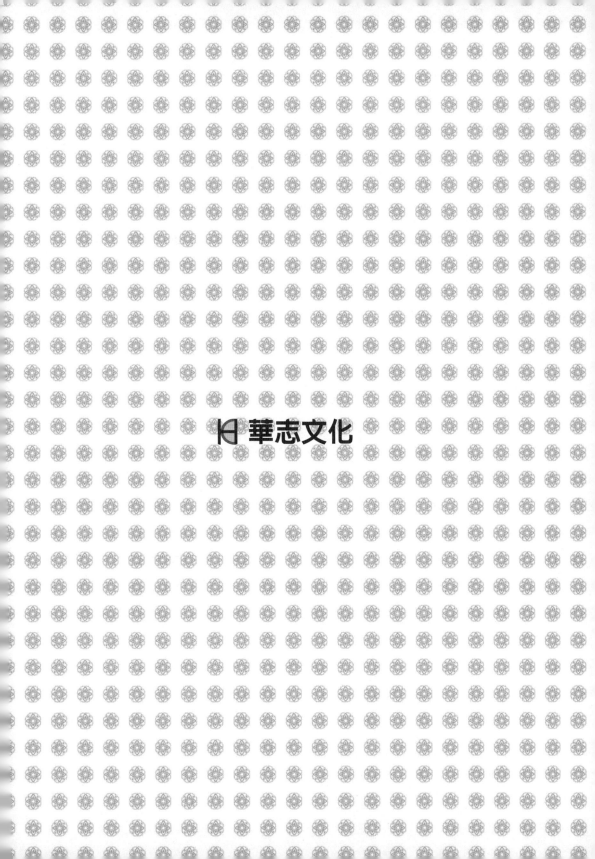

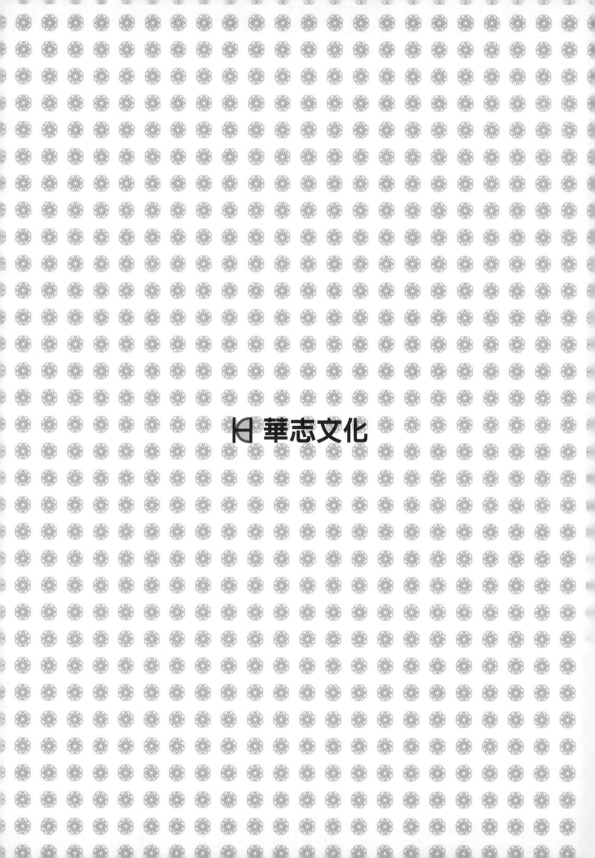

華志文化